Petra Kasch

# Man küsst sich immer zweimal

© Ronny Hartmann

**Petra Kasch** wurde 1964 in Königs Wusterhausen geboren und studierte Literatur und Bibliothekswissenschaft. Sie schreibt Erzählungen und Drehbücher für Erwachsene und seit einigen Jahren auch Bücher für Kinder und Jugendliche. Neben den Bilderwelten im Kino gehört ihre Leidenschaft dem Reisen. Dass man dabei vor Überraschungen nie sicher ist, davon erzählt unter anderem dieses Buch.

Petra Kasch

# MAN KÜSST SICH IMMER ZWEIMAL

Ravensburger Buchverlag

Als Ravensburger Taschenbuch
Band 58473
erschienen 2015

MIX
Aus verantwortungsvollen Quellen
FSC® C114500

1 2 3 4 18 17 16 15

Originalausgabe

Postfach 1860, 88188 Ravensburg
Umschlaggestaltung: Kathrin Steigerwald unter Verwendung eines Fotos von getty-images/Nowordz Photography
Lektorat: Nadja Korthals



Printed in Germany

ISBN 978-3-473-58473-4

www.ravensburger.de

# 1

Sophie gab es auf. Hundert Mal hatte sie schon versucht, Luise zu erreichen. War ihre Freundin in den Sommerferien an der Müritz verschollen? Sie ging einfach nicht an ihr Handy. Dabei gab es so viel Neues zu erzählen, dass Sophie es keine Nacht länger aushielt.

Auch als sie am anderen Morgen in die Schule kam, war Luise nirgends zu sehen. So langsam machte sich Sophie echt Sorgen. Sie packte gerade ihren Schreibblock aus, da stürmte Luise in allerletzter Minute ins Klassenzimmer.

»Wo warst du denn?«, fragte Sophie erleichtert.

»Campen! Weißt du doch«, keuchte Luise.

»Auf dem Mars? Ich hab dich hundert Mal angerufen!«

Luise rollte mit den Augen. »Ich hatte mein Handy-Limit überzogen. Mein Vater hat vielleicht einen Aufstand gemacht und das Handy einkassiert. Das war so was von öde! Wie war's auf Kreta?«

Als Sophie lossprudeln wollte, klingelte es. Daher nickte sie nur stumm und warf einen flüchtigen Blick auf den Stundenplan, der auf ihrem Platz lag. Dieses Jahr hatten sie Deutsch bei Herrn Mühlenhaupt! Da konnte sie sich gleich eine Vier ins Zeugnis schreiben. An der Schule hieß Mühlenhaupt nur der Grammatik-Heinz, weil er jeden zur

Schnecke machte, den er bei einem Fehler ertappte. Wenigstens hatten sie wieder Mathe bei Zadek. Seit Sophie sich vor drei Wochen auf dem Flughafen von ihm verabschiedet hatte, hatte sie den Lehrer nicht mehr gesehen. Sollte sie weiterhin Johannes zu ihm sagen?

Luise stieß sie an, als die Klassenzimmertür aufging und Zadek höchstpersönlich hereinschlenderte. Er war also in diesem Jahr ihr Klassenlehrer. Gut gelaunt und braun gebrannt warf Zadek seine Ledertasche auf den Tisch. »Da wären wir wieder«, sagte er grinsend und die Sommerferien rückten in weite Ferne.

In der Grundschule wäre jetzt das schönste Ferienerlebnis fällig. Sophie war froh, dass ihr diese Tortur mittlerweile erspart blieb. Dabei hätte sie endlich einmal was zu erzählen gehabt. Ihre Mutter hatte kurz vor den Sommerferien eine Reise gewonnen, eine richtige Reise nach Kreta mit Flugzeug, Luxushotel und Reiseführer. Nebst jeder Menge Aufregung und Katastrophen. An die dachte Sophie lieber nicht mehr. Aber woran sie seitdem Tag und Nacht dachte, das war Nikos.

Entgegen aller Warnungen ihrer Mutter hatte sich Sophie verliebt. Das erste Mal in ihrem Leben! Nicht, dass sie sich das extra vorgenommen hätte. Er stand plötzlich da und lächelte sie an. Und da war es passiert, als ob ein Blitz sie getroffen hätte. Sophie seufzte. Was Nikos jetzt wohl machte? In Griechenland waren noch Ferien, im Gegensatz zu Deutschland. Hier war bereits im September jeglicher

Spaß vorbei. Sophie seufzte noch einmal. Vielleicht lag er am Strand und sonnte sich.

»Alles in Ordnung bei dir?«, flüsterte Luise.

Sophie lächelte vor sich hin. Sie platzte fast vor Aufregung, Luise alles zu erzählen. Wie sie mit Nikos auf dem Motorrad über die Küstenstraße gebrettert oder nachts auf einem Floß voller Kerzen übers Meer geschippert war. Und dass ihre Mutter von alledem nichts wusste.

Als es schließlich zur ersten Pause klingelte, stellte Sophie fest, dass sie nicht eine Sekunde zugehört hatte, was Zadek ihnen in der Einführungsstunde erzählt hatte. An der Tafel standen ein paar Infos. Hastig kritzelte sie sie in ihren Block. Im September machten sie eine Klassenfahrt und kurz vor Weihnachten besuchten sie ein Kunstmuseum. Sophie wollte nur eine Fahrt machen, und zwar zurück nach Kreta. Doch dafür würden ihre Ersparnisse niemals reichen. Hätte ihre Mutter die Reise nicht gewonnen, hätten sie es sich nie leisten können, nach Kreta zu fliegen.

Mit einem Winken verließ Zadek die Klasse: »Ich sehe euch morgen bei Mathe!«

Sophie war froh, dass er ihr nur kurz an der Tür zugezwinkert hatte und das niemand bemerkte. Erleichtert wollte sie aufatmen, doch in der gleichen Sekunde drehte Charlotte sich um und suchte den Adressaten dieses Zwinkerns im hinteren Teil des Klassenraums. Als ihr Blick an Sophie hängen blieb, wurde die blitzartig rot. Charlotte entging aber auch nichts. Rasch stopfte Sophie ihren Schreibblock in den Rucksack und verließ ebenfalls schnell das Klassenzimmer.

Luise rannte hinter ihr her. »Sag mal, hat's dir in den Ferien die Sprache verschlagen oder was?«

Sophie wollte nicht mitten unter ihren Mitschülern loslegen, deshalb zog sie Luise hinaus auf den Pausenhof. Charlotte blieb aber immer dicht hinter ihnen.

»Na, Ladys«, sagte sie und warf ihre kastanienbraunen Haare über die Schultern. »Wie habt ihr den Sommer so verbracht?«

Charlotte war braun gebrannt, mahagonibraun. Wie man eben aussah, wenn man mit seinen Eltern drei Wochen auf den Malediven am Strand lag. Bisher hatte Charlotte Sophie und Luise nie beachtet. Die beiden »Langweiler« fielen eindeutig nicht in ihr Interessengebiet. Doch Charlotte hatte einen Riecher für neue Geschichten, besonders für solche, in denen Jungs vorkamen.

»Wie war's nun auf Kreta?«, fragte Luise neugierig.

»Kreta?«, hakte Charlotte gleich nach. »*Du* warst auf Kreta?«

Sophie biss in ihren Apfel. Konnte Charlotte nicht endlich v-e-r-s-c-h-w-i-n-d-e-n?

»Nun erzähl schon«, bohrte Luise weiter. »Was habt ihr gemacht?«

Also erzählte Sophie ein wenig von den öden Ausflügen, die sie mit dem Trupp von zwölf Studienräten täglich unternommen hatten. Ihre Mutter musste ja ausgerechnet eine Bildungsreise gewinnen. Und das in den Sommerferien!

»Und sonst?« Charlotte schaute sie argwöhnisch an. »War das alles?«

Sophie konnte sich nicht erinnern, jemals im Mittelpunkt von Charlottes Interesse gestanden zu haben. Sie, Sophie Fischer, das Mauerblümchen, die Letzte in der Klasse, die noch keinen Freund hatte, geschweige denn mit einem geschlafen. Jetzt könnte sie ihren Ruf auf einen Schlag verbessern. Sophie Fischer, das ist deine Stunde!

»Zadek war auch mit dabei«, sagte sie grinsend. »Ich durfte ihn sogar Johannes nennen.«

»Zadek?«, rief Luise ungläubig. »Krass.«

»Wie ist er denn privat?«, fragte Mewe gleich.

Jetzt rückten auch die anderen Mädchen zu einem Kreis um sie zusammen.

Luise warf Sophie einen finsteren Blick zu. Als bester Freundin hätte Sophie ihr zuallererst davon erzählen sollen.

Charlotte ließ laut ihren Kaugummi zerplatzen. »Und, wie sind die Jungs auf Kreta so?«

Sophie schwieg.

Charlotte taxierte sie mit ihrem Röntgenblick. »Da hattest du ja wirklich richtig schöne Ferien. Mit Zadek und zwölf Studienräten.«

Genau in diesem Moment passierte etwas, das Sophie später noch tausendfach bereuen würde. Doch sie konnte gar nichts dagegen tun, denn es war einfach zu schön und wundervoll und wollte endlich erzählt und von allen bewundert und bestaunt werden.

»Ich habe jetzt einen Freund«, sagte sie feierlich.

Luise riss die Augen auf.

Einen Moment herrschte Stille im Mädelskreis, dann lachte Charlotte laut los. »*Du* hast einen Freund?«

»Ja. Er heißt Nikos und lebt auf Kreta.«

Jetzt war es endlich heraus.

»Wirklich?«, meinte Luise baff.

Das war die einzige Reaktion? Sophie hatte sich schon etwas mehr erwartet von ihrer besten Freundin. Wenigstens ein bisschen freuen könnte sie sich!

»Alles klar«, meinte Charlotte schließlich. »Und mein Opa singt bei den *Rolling Stones*, Süße!« Sie lachte jetzt so laut, dass auch die anderen Mädchen mit einstimmten.

»Frag doch Zadek«, wollte Sophie sagen, verkniff es sich aber. Das würde es nur noch schlimmer machen. Sie spürte, wie ihr Tränen in die Augen stiegen.

»Dann grüß deinen Märchenprinzen schön von uns!«, gab Charlotte noch eins drauf. »Vielleicht steigt er ja mal von seinem Olymp zu uns herab.« Sie glaubte Sophie kein Wort. Konnte schließlich jeder behaupten, einen Freund auf Kreta zu haben.

Sophie rang mit den Tränen. In dem Moment läutete die Schulglocke. Die Pause war zu Ende und Sophie war es auch. All ihre schönen Bauchschmetterlinge lagen tot neben ihr. Wiederbelebungsversuche zwecklos. Ihr war so elend zumute. Die Mädchen gingen kichernd ins Schulhaus. Schließlich standen nur noch Sophie und Luise auf dem Schulhof.

»Ehrlich? Ein echter Grieche?«, fragte Luise.

»Ich dachte, du bist meine beste Freundin«, schniefte Sophie.

»Und ich dachte, beste Freundinnen erzählen sich alles«, konterte Luise und lief nun ebenfalls ins Schulhaus.

Na toll, dachte Sophie. Gleich am ersten Tag hatte sie sich zum Gespött der halben Klasse gemacht, sich mit Luise verkracht, und als ob das nicht genug wäre, stand plötzlich Mühlenhaupt vor ihr. Doch Sophie hatte gerade nicht die Nerven für Grammatiklektionen und stürmte an ihm vorbei die Treppe hinauf. So viel Ärger gleich am allerersten Schultag, das hatte sie wirklich nicht verdient.

# 2

Genervt knallte Sophie ihren Rucksack auf den freien Bistrostuhl neben sich. Wenigstens war die Schule für heute vorbei. Doch sie hatte am Morgen ihren Haustürschlüssel vergessen und musste nun zu ihrer Mutter auf die Arbeit. Das kleine Bahnhofsrestaurant, in dem ihre Mutter seit Jahren jobbte, war mittags immer rappelvoll. Doch von ihrer Mutter weit und breit keine Spur.

Als Maria Sophies Elend nicht mehr mitansehen konnte, stellte sie ihr einen Teller mit Klößen und Rotkohl hin. Gutes Essen war für Maria die Lösung aller Probleme. Die kleine Polin kochte einfach traumhaft. Doch heute war Sophie nicht nach Essen. Missmutig stocherte sie in den dampfenden Klößen herum.

»Märchenprinz«, hatte Charlotte gesagt. Als hätte Sophie sich Nikos nur ausgedacht! Aber sie konnte Nikos schlecht herzaubern, um das Gegenteil zu beweisen.

Ihre Mutter hatte sie ja gewarnt. Man fängt nichts mit einem Ferienkellner an, schon gar nicht, wenn der zweitausend Kilometer entfernt wohnt. So eine Ferienliebe bricht einem am Ende nur das Herz! Dabei war ihre Mutter kein bisschen besser. Sie hatte sich in den Reiseleiter verliebt, der jetzt auch zweitausend Kilometer entfernt wohnte.

Auf Kreta hatte sich alles noch so wundervoll angefühlt. Liebe sollte das Leben angeblich schöner machen, aber davon merkte Sophie gerade herzlich wenig.

»Was ist denn los, Prinzessin?«, fragte Lorenzo, als er mit einem Stapel leerer Teller an ihr vorbei in die Küche eilte.

Nichts war los. Hätte sie vorhin bloß den Mund gehalten. So eine Blamage. Sie konnte morgen unmöglich in die Schule gehen.

Als ihr Handy vibrierte, schaute sie nur kurz auf den Absender und steckte es dann in ihre Hosentasche zurück. Mittlerweile hatte sie drei Nachrichten von Luise. Doch wenn einem nicht mal die beste Freundin glaubte, was gab es da noch zu telefonieren?

Endlich kam ihre Mutter. Sophie hatte ganz vergessen, dass sie heute erst mittags anfing.

»Was ist denn passiert?«, fragte ihre Mutter sofort, als sie Sophies Gesicht sah.

»Nichts«, nuschelte Sophie. »Hab nur meinen Schlüssel vergessen.«

Aber ihrer Mutter konnte man nichts vormachen.

»Ach, Mädchen«, sagte sie. »Ich hab's dir doch gesagt.«

Sophie sprang auf und stieß dabei die Blumenvase vom Tisch. *Ich hab's dir doch gesagt!* Genau das hatte ihr jetzt noch gefehlt. Sie riss ihrer Mutter den Wohnungsschlüssel aus der Hand und stürmte wütend aus dem Lokal. Kopfschüttelnd kam Maria herbei und sammelte die Scherben auf.

Die Vase wird ihrer Mutter bestimmt vom nächsten Lohn abgezogen, dachte Sophie, als sie aus dem Bahnhofsgebäude rannte. Aber das war ihr im Moment ziemlich egal, sie wollte nur noch eins: heim in ihr Bett! Und dort würde sie für die nächsten hundert Jahre bleiben.

# 3

Unter ihrer kuscheligen Sternendecke verschwanden alle Charlottes dieser Welt, denn Sophie träumte – und zwar von Nikos. Sie musste nur die Augen schließen, dann stand er wieder vor ihr und lächelte. Da konnte Charlotte noch zehn Mal behaupten, es gäbe Nikos nicht. Natürlich gab es ihn!

Sie holte den Laptop zu sich ins Bett und drehte ihn so, dass sie jede ankommende Nachricht sofort sehen konnte.

Aber da kam nichts.

Seit drei Tagen herrschte Funkstille.

Sie hatte so gehofft, heute nach der Schule ein paar Zeilen von ihm vorzufinden. Sie hatte es kaum erwarten können heimzukommen. Aber kein einziges *Hi, wie geht's? Wie war dein erster Schultag?* Nikos' Status im Chat war und blieb OFF. Und da sank Sophie auf ihren absoluten Tiefpunkt, wo auch kein Träumen mehr half. Sie lag nur noch stumm in ihrem Bett und starrte an die Zimmerdecke.

Im Flur hörte sie ein paarmal den Anrufbeantworter anspringen. Luise machte sich langsam Sorgen. »Kein Junge der Welt ist es wert, dass wir beide uns streiten«, flehte sie. »Bitte melde dich doch!«

Luise hatte ja keine Ahnung. Die Blamage war nicht mehr gutzumachen. Und was noch viel schlimmer war: Was, wenn ihre Mutter Recht hatte? Wenn Nikos längst eine andere Freundin hatte und deshalb nicht mehr schrieb? Dann würde sie ihr Bett nie mehr verlassen. Wozu auch?

Kurz nach Mitternacht kam ihre Mutter von der Spätschicht heim. Sophie hatte ihr den Wohnungsschlüssel draußen unter die Fußmatte gelegt, damit sie nicht klingeln musste. Um nichts in der Welt hatte sie jetzt Lust auf ein Gespräch mit Ulrike Fischer, der Oberkatastrophe in Sachen Liebe.

Doch ihre Mutter schien ganz wild auf ein Gespräch mit ihr zu sein.

»Sophie?«, flüsterte sie. »Bist du noch wach?«

Sophie rührte sich nicht, sie hielt sogar den Atem an. Doch es nützte nichts. Ihre Mutter kletterte zu ihr aufs Hochbett hinauf und setzte sich vorsichtig auf die Matratzenkante.

Geh doch einfach weg!, flehte Sophie innerlich. Sie wurde nämlich bald ohnmächtig. Doch ihre Mutter rührte sich nicht von der Stelle. Schließlich musste Sophie wieder Luft holen. In diesem Moment nahm ihre Mutter ihre Hand.

»Ich weiß doch, dass du nicht schläfst«, sagte sie. »Was hast du denn bloß?«

»Bin krank«, brummte Sophie. Und das war nicht einmal gelogen, denn genauso fühlte es sich an. Sie schwitzte, ihr Herz raste und alles tat weh.

»Das wird wieder, Mäuschen«, sagte ihre Mutter erleichtert. »Ich dachte schon, es wäre wegen dieses Griechen.«

Darauf sagte Sophie besser nichts.

Sie hörte, wie ihre Mutter in die Küche ging, eine Tasse aus dem Schrank nahm und Wasser in den Teekessel einließ. Bei Familie Fischer wurden sämtliche Krankheiten mit Ingwer geheilt. Um den scharfen Tee würde Sophie also nicht herumkommen.

»Morgen geht's dir bestimmt wieder besser«, sagte ihre Mutter, als sie die heiße Tasse zu Sophie hinaufbalancierte.

»Bestimmt«, murmelte Sophie. Wahrscheinlich war einfach nur Nikos' Elternhaus samt seinem Laptop abgebrannt oder der Server von Facebook einem terroristischen Anschlag zum Opfer gefallen.

Der Tee machte zumindest einige der Schmetterlinge in Sophies Bauch wieder lebendig, auch wenn es nur Schmetterlinge der Verzweiflung waren, die jetzt im Ingwerrausch in ihr taumelten. Endlich schlief sie ein.

# 4

Am anderen Morgen stand Luise mit ihrer neuen Nerdbrille an Sophies Hochbett. Die Arme vor der Brust verschränkt, starrte sie finster zu ihrer Freundin hinauf. Sophie starrte ebenso finster an die Zimmerdecke und verlängerte ihren geplanten Bettaufenthalt gerade von hundert auf tausend Jahre.

»Guten Morgen, Sophie«, sagte Luise schließlich.

Sophie fand aber überhaupt nichts gut an diesem Morgen. Seit sie mit Charlotte in eine Klasse gekommen war, zog die sie damit auf, dass sie den Jungen sehen wolle, der sich mit Sophie einlasse. Und scheinbar hatte sie Recht gehabt. Sophie war eben eine Katastrophe. Nicht mal so eine einfache Sache wie einen Freund bekam sie hin.

»Du hast jetzt also einen Lover«, sagte Luise, um endlich das Eis zu brechen.

»Nee!«, heulte Sophie.

»Also hast du doch gelogen?«

»Nee!«

»Was denn nun? Gibt es deinen Griechen oder nicht?«

»Natürlich gibt es ihn!«, schniefte Sophie.

Und dann erzählte sie die ganze Geschichte. Wie sie Nikos auf Kreta kennengelernt und ihr allererstes Date auf einem

Friedhof hatte. Aber als das rauskam, verlor Nikos seinen Ferienjob im Hotel. Doch Sophie hatte ihn gesucht, die ganze Zeit und überall – obwohl sie ständig mit auf diese blöden Ausflüge musste. Schließlich half ihr der Reiseleiter, weil er in Sophies Mutter verschossen war und wollte, dass sie für ihn bei Ulrike ein gutes Wort einlegte. Trotzdem blieb Nikos verschwunden. Zadek hatte dann ihre Liebe gerettet, indem er mit ihr ein echtes Feuer-Such-Orakel in Knossos veranstaltete. Leider waren sie danach alle im Gefängnis gelandet. Und als sie Nikos endlich wiedergefunden hatte, da musste sie schon wieder heim. Aber zum Abschied hatte er ihr ein riesiges Herz mit seinem Motorboot ins Meer gepflügt, sodass sie es aus dem Flugzeugfenster sehen konnte, als sie zurück nach Berlin geflogen war.

Sophie setzte sich im Bett auf, um zu zeigen, wie riesig das Herz gewesen war.

Luise starrte sie fasziniert an. »Wahnsinn«, hauchte sie. »Und das ist alles wirklich passiert?« Sie kletterte zu Sophie aufs Hochbett.

Erschöpft fiel Sophie in ihr Kissen zurück. Wahnsinn. Das brachte es wohl auf den Punkt.

»Und wann seht ihr euch wieder?«, fragte Luise.

»Gar nicht!«, heulte Sophie.

»Wieso das denn?«

»Weil er mir nicht mehr schreibt!«

»Und warum nicht?«

»Woher soll ich das wissen?«

Luise schüttelte den Kopf. »Wie lange hat er sich denn nicht mehr gemeldet?«

»Drei Tage«, flüsterte Sophie.

»Und was sagt deine Ma dazu?«

Sophie rückte noch dichter an Luise heran. »Die weiß nicht, dass wir uns seit Wochen jeden Abend schreiben. Die wollte mir Nikos doch schon auf Kreta ausreden.«

»Wie aufregend«, hauchte Luise. »Eine heimliche Liebe!«

»Von wegen aufregend. Er hat jetzt bestimmt eine Andere«, jammerte Sophie.

»Glaub ich nicht«, meinte Luise.

»Das kannst du doch nicht wissen, du kennst ihn ja nicht mal.«

»Sophie Fischer, wenn dir ein Junge jeden Abend schreibt, und das wochenlang, dann will er wirklich was von dir.«

»Meinst du?« Sophie sah einen schmalen Hoffnungsstreifen an ihrem Schmetterlingshimmel auftauchen.

»Ja, meine ich. Was hat er denn so geschrieben?«

Sophie zog den Laptop auf ihren Schoß. Luise musste es ja wissen. Schließlich war sie schon seit sechs Monaten mit Lars zusammen. Als sie den Nikos-Sophie-Ordner öffnete, starrte ihre Freundin auf die endlosen Chatgespräche, die Sophie alle einzeln aus Facebook kopiert hatte.

»Die sind ja ewig lang!«, brachte sie schließlich hervor.

Sophie grinste stolz. Das brachte nicht mal Luises Freund fertig. Und schon gar nicht auf Englisch. Außerdem lernte Nikos mit Wolfgang sogar Deutsch, hatte er ihr verraten.

»Der Typ liebt dich wirklich«, stellte Luise neidlos fest.

»Aber er ist plötzlich unerreichbar, verstehst du? Da hat man einmal im Leben Glück und dann das!«

»Hast du ihn nicht mal angerufen?«

Sophie stöhnte. »Ein Mal? Tausend Mal! Auch im Hotel, in dem er bis zum Ferienende gearbeitet hat. Aber ich versteh ja kein Wort. Die sprechen dort alle nur Griechisch.«

»Ach, Sophie.« Luise nahm Sophie ganz fest in die Arme. »Das ist ja schrecklich.«

»Sag ich doch!«

»Und was willst du jetzt machen?«

»Im Bett bleiben.«

»Das ist auch keine Lösung.«

»Hast du eine bessere Idee?«

Luise schüttelte den Kopf.

Und so saßen sie beide verzweifelt auf Sophies Hochbett, als Ulrike Fischer den Kopf zur Tür hereinsteckte und rief: »Ihr müsst euch beeilen, Mädels, ihr seid spät dran!«

Doch Sophie dachte nicht im Traum daran, heute auch nur einen Schritt vor die Tür zu machen. Geschweige denn jemals wieder ihre Schule zu betreten. Charlotte würde nie wieder aufhören zu lachen, wenn sie erfuhr, dass Nikos mit ihr Schluss gemacht hatte.

»Aber sie muss es doch nicht erfahren«, sagte Luise grinsend. »Dagegen können wir was unternehmen.«

# 5

Luise und Sophie schmiedeten einen Plan, der einfach nur klappen konnte. Offiziell war Nikos natürlich weiterhin Sophies Freund. Da sollte Charlotte erst mal was anderes behaupten. Außerdem hatten sie jede Menge Beweise auf Sophies Laptop.

»Und du bist nicht mehr sauer auf mich?«, fragte Luise.

Sophie schüttelte den Kopf. Eine bessere Freundin als Luise konnte man gar nicht haben. Auch wenn sie zuerst überhaupt nicht begeistert gewesen war, als Luise an ihrem Bett aufgetaucht war. Sophie legte ihr dankbar einen Arm um die Schultern, bis ihre Mutter ins Zimmer kam und rief: »Ihr seid ja immer noch da!«

Hastig schlüpfte Sophie in ihre Jeans und zog ein T-Shirt über. Trotzdem mussten sie den halben Weg rennen, denn Punkt acht wurde die Schule abgeschlossen. Das überwachte die Direktorin jeden Morgen persönlich. Die Zuspätkommer landeten in ihrem Büro zu einem Besserungsgespräch. Und das wollte niemand, der Frau Dr. Blütensteg kannte, die Tugendwächterin ihrer Schule.

»Lauf!«, brüllte Sophie, als sie auf die sich gerade schließende Schultür zusprinteten. Gerade noch geschafft.

Doch als die beiden in ihre Klasse stürmten, hatten bereits

alle ihre Bücher aufgeschlagen. Die Mädchen versuchten, rasch auf ihren Platz zu kommen. Doch den Versuch hätten sie sich sparen können. Mit einem breiten Grinsen kam Mühlenhaupt auf sie zu und sie mussten gleich vorn am Lehrertisch stehen bleiben.

»Ach, die Damen Fischer und Krüger beehren uns auch mit ihrem Besuch!«

Luise und Sophie senkten den Kopf. Manchmal half ja ein bisschen Demut. Doch Mühlenhaupt hatte heute anscheinend besonders schlecht geschlafen.

»Fräulein Beiersdörfer«, sagte er zu Charlotte, »nennen Sie uns doch bitte einen Satz, den die beiden Damen hier in allen Zeitformen darstellen wollen.«

Sophie warf Charlotte einen vernichtenden Blick zu. Doch gegen so was war Charlotte immun.

»Was für einen Satz denn?«, hörte sie sie schon fragen.

»Einen einfachen deutschen Satz.«

Laut und deutlich, sodass es auch die in der letzten Reihe noch gut mitbekamen, sagte Charlotte: »Sophie liebt Nikos.«

Das einsetzende Kichern sprang wie ein Lauffeuer durch die Bankreihen. Sophie versank vor Scham fast im Boden. Doch Luise ließ sich davon nicht aus der Ruhe bringen, sie leierte schon mal das Präsens herunter, in allen Personen.

Die halbe Klasse brüllte vor Lachen. Und in der Vergangenheit: »Sophie liebte Nikos« und »Sophie hat Nikos geliebt«. Dann ging es wenigstens im Futur weiter: »Sophie wird Nikos lieben«, sagte Luise mit einer triumphierenden Bewegung in Charlottes Richtung.

Aber die Hoffnung hielt nicht lange: »Sophie wird Nikos geliebt haben«, beendete Luise die Grammatikübung.

Als sie endlich fertig waren, zerrte Sophie Luise auf ihren Platz. Charlotte drehte sich noch ein paarmal grinsend zu ihnen um. Das war eindeutig die größte Peinlichkeit, die Sophie je erlebt hatte. Und das vor der gesamten Klasse.

Wenigstens interessierte Mühlenhaupt sich nicht für die Liebe, sondern nur für seine Grammatik. Aber vielleicht hat Liebe auch so eine Art Grammatik?, überlegte Sophie, und sie hatte irgendwas falsch gemacht. So falsch, dass Nikos jetzt nicht mehr schrieb.

Als es zur ersten großen Pause klingelte, zog Luise sie auf den Schulhof. »Unser Plan funktioniert. Das verspreche ich dir!«

Das wagte Sophie zu bezweifeln. Ihre Knie zitterten so sehr, dass sie sich auf eine Bank setzen musste und keinen gescheiten Gedanken mehr fassen konnte.

Sie mussten aber nicht lange auf ihren Einsatz warten, Charlotte war bereits im Anmarsch. »Na, was macht dein Märchenprinz?«, fragte sie spitz. »Heute schon Besuch von ihm gehabt?«

Luise warf Sophie einen auffordernden Blick zu.

»Klar«, entgegnete Sophie. »Sein Pferd lahmt nur ein wenig, deshalb bin ich zu spät gekommen.«

Charlotte riss die Augen auf. Mit einer so schlagfertigen Antwort von Sophie hätte sie nie gerechnet. »Ach was«, sagte sie schnippisch. »Mit dem Pferd.«

»Und was macht dein Freund so?«, fragte Sophie, nun etwas mutiger. »Man sieht ihn ja gar nicht mehr.«

Sonst hatten Charlotte und Sebastian sich immer pausenlos gesimst, und es hieß ständig, »Sebastian hat gesagt …, Sebastian hat gemacht …«. Er war ein Jahr älter als Charlotte und ging auf das benachbarte Händel-Gymnasium. Sebastian, das Klaviergenie, der Einserschüler und Segelstar.

»Sebastian«, sagte Charlotte und betonte jede einzelne Silbe seines Vornamens, »ist für ein Jahr in den USA als Austauschschüler. Er lebt jetzt in New York.«

»Wow, New York«, sagte Mewe, die sich inzwischen zu den Mädchen gesellt hatte. »Hat der ein Glück!«

»In den Weihnachtsferien fliege ich ihn besuchen.«

Da fiel Sophie erst mal nichts mehr ein. Charlotte musste immer noch eins draufsetzen. New York – die Stadt der Hippen und Coolen. Griechische Olivenprinzen auf lahmenden Pferden konnten da natürlich nicht mithalten.

Luise stieß ihr in die Seite und flüsterte: »Gut gemacht!«

In der darauffolgenden Mathestunde befürchtete Sophie allerdings, dass von Zadek doch noch irgendein Kommentar zu ihrem gemeinsamen Urlaub kommen könnte. Immer wenn sie den Lehrer anschaute, musste sie an ihren ersten Abend auf Kreta denken, als sie ihn bei seinen nächtlichen Yoga-Nacktübungen auf dem Balkon beobachtet hatte. Dass er sich zu einem unermüdlichen Helfer ihrer unglücklichen Liebe entwickeln würde, hatte sie zu dem Zeitpunkt noch nicht ahnen können. Aber wie sich nun herausstellte, war alle Hilfe umsonst gewesen. Nikos war nicht mehr ihr Freund, sosehr sie sich auch anstrengen würde, um Charlotte das Gegenteil zu beweisen.

Sophie starrte an die Tafel, wo Zadek gerade versuchte, ihnen irgendwelche obskuren Kreismessungen beizubringen. Aber auf mathematische Probleme konnte sie sich heute nicht konzentrieren.

Das Einzige, worum Sophies Gedanken kreisten, war Nikos und was sie bloß falsch gemacht hatte, dass er sich nicht mehr meldete.

Als es endlich zum Stundenende klingelte, sagte Zadek genervt: »Hey, Leute, weckt eure grauen Zellen wieder auf. Die Ferien sind vorbei.« Und dann fügte er etwas hinzu, von dem Sophie im ersten Moment nicht wusste, ob es die ganze Situation rettete oder noch verschlimmerte. Jedenfalls wäre sie am liebsten im Boden versunken. »Wie geht's denn Nikos?«, fragte er und die ganze Klasse horchte auf.

Obwohl schon Pause war, herrschte plötzlich eine angespannte Stille. Niemand verließ den Raum. Alle starrten Sophie an.

»Gut«, nuschelte sie schließlich und wurde knallrot.

»Dann grüß ihn mal von mir!«, rief Zadek und verließ grinsend den Klassenraum.

»Super«, flüsterte Luise.

Charlotte warf ihr aber einen ziemlich giftigen Blick zu. Dass Sophie mit Zadek eine Woche lang im Urlaub gewesen war, hatte sich bereits rumgesprochen; genauso wie die Tatsache, dass Sophie einen Märchenfreund in Griechenland hatte – dafür hatte Charlotte schon ausreichend gesorgt. Doch nun konnte sie nichts mehr gegen Nikos' Existenz sagen. Zadek hatte bewiesen, dass es ihn gab.

Auf dem Heimweg bekam Luise sich gar nicht mehr ein. »Hab ich dir nicht versprochen, dass unser Plan funktioniert?«, rief sie aufgeregt und machte Sophie mit ihrem Gehüpfe ganz verrückt.

»Super Plan«, sagte Sophie. »Jetzt glauben alle, ich hätte einen Freund, aber ich habe doch gar keinen mehr.«

Das dämpfte Luises Eifer keineswegs. »Da fällt uns auch noch was ein. Aber jetzt muss ich los. Ich treff mich gleich mit Lars.«

Und weg war sie.

# 6

Als Sophie aus der Schule kam, lag in der Küche ein Zettel. *Essen schon da. Komme später. Mama.*

Sophie schaute in die Mikrowelle. Was Maria wohl heute gekocht hatte? Eine frische Kürbissuppe mit Zimt und Kardamom duftete ihr entgegen. Sie stellte die Mikrowelle auf Stufe drei. Maria war die Rettung ihrer Kindheit gewesen. Irgendwann hatte Sophie sich nämlich geweigert zu essen, was ihre Mutter kochte, denn damit konnte man selbst Einbrecher in die Flucht schlagen.

Seitdem brachte ihre Mutter jeden Tag ein Gericht aus dem Restaurant mit. Durch Marias Köstlichkeiten hatte Sophie sich über die Jahre zu einem echten Gourmet und Kochtalent entwickelt. Denn wenn sie Zeit hatte, half sie Maria im Restaurant in der Küche. Ihre Mutter hatte es mittlerweile aufgegeben, gegen diese beiden Starköche anzukommen.

Als die Mikrowelle ein leises *Pling* von sich gab, trug Sophie die dampfende Suppe in ihr Zimmer und stellte sie auf den Schreibtisch. Mittagessen plus Facebookchecken, das war in den letzten Wochen zur Routine geworden. Heute wollte sie das Anschalten ihres Laptops jedoch noch ein wenig hinauszögern. Vielleicht schrieb Nikos ja gerade erst in dieser Minute. Sie aß so langsam sie konnte. Als sie den letzten Löffel aus der Schüssel nahm, war die Suppe kalt.

»Bitte, bitte!«, flehte sie, als sie sich schließlich einloggte.

Doch da war nichts. GAR NICHTS! Nur eine Freundschaftsanfrage von einer Lizzy aus Würzburg, die auch ein Griechenland-Fan war. Sophie löschte Lizzy. Dann klickte sie »Als Freund entfernen« und löschte auch Kreta samt Nikos von ihrer Facebook-Seite. Es war einfach zu deprimierend. Sie hatte sich in Nikos getäuscht. Besser, sie sah es endlich ein. Es war aus und vorbei.

Und dann heulte sie, wie sie noch nie geheult hatte. Weil das Leben ungerecht war, Mütter scheinbar immer Recht hatten und man nie gegen solche wie Charlotte ankam. Hätte sie sich bloß nie verliebt!

Plötzlich meldete sich ihr Handy. Jemand hatte ihr eine SMS geschickt. Durch den dichten Tränenschleier versuchte sie, die Buchstaben zu entziffern.

*GROSSE ÜBERRASCHUNG!!! BITTE SOFORT ZUM HAUPTBAHNHOF KOMMEN!!!*

Zuerst hielt Sophie das für einen Scherz. Was für eine Überraschung sollte sie denn am Hauptbahnhof erwarten? *DAS IST KEIN SCHERZ* kam gleich darauf eine weitere SMS. *BITTE SOFORT KOMMEN!* Wer war das? Die Nummer kam ihr völlig unbekannt vor. Und warum sollte sie ausgerechnet zum Hauptbahnhof kommen?

Sie wischte sich die Tränen aus dem Gesicht und schaute auf die Uhr. Es war kurz nach vier. Ihre Mutter kam erst in drei Stunden nach Hause. Also noch genügend Zeit, um nachzusehen, fand Sophie. Sie musste sich ohnehin dringend ablenken, sonst würde sie noch durchdrehen.

Wenn Sophie gewusst hätte, was sie am Bahnhof erwartete, wäre sie vielleicht nicht in ihrem schlabbrigsten T-Shirt hingegangen. Oder sie hätte wenigstens ihre neue Jeans angezogen. So nahm sie sich nur ihre Umhängetasche und machte sich auf den Weg.

Wenn es ging, vermied es Sophie, den Hauptbahnhof als Treffpunkt zu vereinbaren, denn dort verfehlte man sich immer. Entweder fuhr der Zug am unteren Bahnsteig ein und man musste all die vielen Rolltreppen abwärtsfahren oder man verpasste sich im Gewühl. Unterwegs schaute Sophie immer wieder auf ihr Handy. Doch es kam keine weitere Nachricht. Wer war das bloß?

Als sie aus der S-Bahn stieg, waren da nur jede Menge nervöser Leute, die über den Bahnsteig hetzten. Niemand, der sie erwartete. Also setzte sie sich auf eine der Bänke am Bahnsteig und wartete. Vielleicht kam die Überraschung ja erst noch. Doch die Überraschung war bereits da! Sie saß auf einer Bank auf dem gegenüberliegenden Bahnsteig und starrte sie grimmig an.

Das war ein Scherz, oder? Sophie wusste nicht, was sie sagen sollte.

»Ich komme rüber!«, rief ihre Mutter aufgebracht.

Sophie kapierte gar nichts mehr. Was machte ihre Mutter hier? Sie hatte doch Spätdienst.

»Sophie!«, keuchte Ulrike Fischer, als sie die vielen Treppenstufen herübergehastet war. »Was soll der Quatsch?«

»Das wollte ich dich auch gerade fragen«, stotterte Sophie.

Doch ehe Ulrike Fischer sich richtig aufregen konnte, ertönte über dem Lärm des Bahnhofs eine Durchsage: »Sophie und Ulrike Fischer, bitte finden Sie sich auf Gleis sieben ein! Sophie und Ulrike Fischer.«

»Was sollen wir denn auf Gleis sieben?«, fragte Sophie.

»Woher soll ich das wissen?«, knurrte ihre Mutter.

Nach Überraschung sieht das jedenfalls nicht aus, dachte Sophie. Eher nach Ärger. Ihre Mutter würdigte sie keines Blickes, als sie sich durch das Gedränge zum Fernbahnsteig hinüberkämpften. Schwitzend erreichten sie schließlich Gleis sieben, wo gerade ein Fernzug in den Bahnhof donnerte. Sophie starrte auf das Zugschild. Moskau. Als die Waggons zum Halten gekommen waren, lugte sie neugierig in eines der vollen Abteile.

»Mama«, fragte sie unsicher, »hast du wieder was bei deinen Kreuzworträtseln gewonnen?«

»Nee, wieso?«

»Aber warum bist du dann hier?«

»Ich dachte, dir wäre was passiert. Ich hab so eine komische SMS bekommen.«

»Was soll mir denn passiert sein, Mama?«

»Sophie«, schnaubte ihre Mutter jetzt ungehalten, »dir passieren doch ständig irgendwelche Sachen!«

Ja, sicher, nun war es wieder ihre Schuld.

Doch ehe Mutter und Tochter sich in die Haare bekommen konnten, stieg jemand vor ihnen aus dem Zug. Im ersten Moment dachte Sophie, sie hätte eine Erscheinung. Das war einfach nicht möglich! Träumte sie?

Lächelnd und mit einem Rucksack über der Schulter kletterte Nikos aus dem Waggon. Wenn er sie nicht festgehalten hätte, wäre Sophie glatt unter den Russland-Zug gestürzt. Ihre Beine zitterten wie verrückt.

»Was machst du denn hier?«, stotterte sie aufgeregt.

»Überraschung!«, strahlte Nikos und drückte sie so fest an sich, dass sie seinen Herzschlag spürte.

Sophie war total durcheinander. Als er sie schließlich wieder losließ, dachte sie, jetzt würde er sie küssen. Doch auf einmal schaute er verlegen zur Seite – und hinter ihm kletterte Mamas Urlaubsschwarm Wolfgang aus dem Zug. Das gab's doch nicht! Aus Angst, Nikos könne sich wieder in Luft auflösen, krallte Sophie sich an seiner Jeansjacke fest, bevor sie sich zu ihrer Mutter umdrehte. Doch die schien alles andere als freudig überrascht zu sein.

Mit ihrer Mutter und der Liebe war es ungefähr so wie mit einem Angler, der unerwartet den Fang seines Lebens macht, aber dann vor Schreck am liebsten weglaufen würde. Von Freude keine Spur. Vielmehr begann sich bei Wolfgangs Anblick eine leichte Panik in ihrem Gesicht auszubreiten und sie wurde ganz blass.

Sophie musste handeln, und zwar schnell. Sie schnappte sich ihre Mutter, bugsierte sie vor Wolfgang und brüllte über den Lärm eines einfahrenden ICE hinweg: »Guck mal, da ist Wolfgang! Ist das nicht toll?«

Sophie wusste selbst, dass sie wie eine Idiotin klingen musste. Klar war das Wolfgang und nicht der Weihnachtsmann. Aber ihre Mutter musste irgendwie in Aktion kommen, andernfalls warf sie die Angel gleich hin und trat die Flucht an.

Erst als Wolfgang Ulrike Fischer etwas unbeholfen umarmte, kam wieder Leben in sie. »Das ist ja eine Überraschung«, hauchte Sophies Mutter. »Aber warum kommt ihr denn aus Moskau?«

Das fragte Sophie sich auch. Soweit sie sich erinnern konnte, lag Kreta im Mittelmeer und nicht in Sibirien.

Wolfgang winkte ab. »Das ist eine lange Geschichte. Aber Gott sei Dank sind wir endlich da.«

Ob Gott da seine Hand im Spiel hatte, war Sophie sich nicht so sicher. Wohl eher die Sehnsucht ihres ehemaligen Reiseleiters nach Ulrike. Und dass er dabei auch an Sophie gedacht und Nikos mitgebracht hatte, war wohl mehr, als Gott in dieser Hinsicht jemals für sie fertiggebracht hatte. Dankbar strahlte sie Wolfgang an. Nikos war in Berlin. Extra wegen ihr!

# 7

Viel Zeit für ein Wiedersehensfest war nicht, Sophies Mutter musste wieder zurück zur Arbeit. Sie versprach aber, sich zu beeilen. Und so fuhr Sophie mit Nikos und Wolfgang allein mit der S-Bahn zu ihrer Wohnung. Vor einer Stunde hatte sie noch geglaubt, Nikos hätte mit ihr Schluss gemacht. Und nun saß er hier neben ihr! Unglaublich! Sophie glühte wie eine Tomate. Überraschung war noch weit untertrieben.

Auch Nikos war total aufgeregt. Er zerquetschte fast Sophies Finger in seiner schwitzenden Hand. Vor dem Fenster rauschte die quirlige Stadt vorbei, doch er hatte nur Augen für Sophie. Die war gerade der glücklichste Mensch in ganz Berlin.

Nur Wolfgang schien etwas verwirrt zu sein. »Freut Ulrike sich gar nicht über unseren Besuch?«, fragte er leise.

Besuch würde ihre Mutter das wohl nicht nennen, eher Überfall. Aber das wollte Wolfgang sicher nicht hören. Deshalb sagte Sophie hastig: »Natürlich freut sie sich. Ihr kommt nur ein wenig plötzlich.«

»Ach, das war alles ganz anders geplant«, sagte er zerknirscht.

Nikos nickte müde. Und so erfuhr Sophie, dass die beiden

eigentlich mit einer Billig-Airline von Heraklion nach Berlin fliegen wollten, der Flieger aber in der Nähe von Bukarest wegen Triebwerkschäden auf einem Feld notlanden musste.

»Oh Gott!«, sagte Sophie erschrocken. »Ist euch auch nichts passiert?«

Wolfgang schüttelte den Kopf. »Wir haben uns bis zur nächsten Autobahn durchgeschlagen. Der einzige Fahrer, der dort anhielt, fuhr allerdings einen polnischen Hühnerlaster, und ließ uns über die Karpaten bis Krakau mitfahren. Dort haben wir dann den nächstbesten Zug genommen. Da wir aber keine Fahrkarten hatten, hat man uns in Warschau aus dem Zug geworfen, wo wir eine Nacht auf dem Bahnhof schlafen mussten und erst am nächsten Morgen weiterkonnten. Mit dem Moskau-Berlin-Express.

»Das hat gedauert vier Tage«, sagte Nikos stöhnend.

Sophie war fassungslos. Was für eine chaotische Reisegeschichte! Und sie hatte gedacht, Nikos hätte eine andere. Dabei hatte er sich zu Fuß und per Anhalter durch halb Europa zu ihr durchgekämpft. Sie schämte sich in Grund und Boden, auch nur eine Sekunde an ihm gezweifelt zu haben.

Als sie in der Wohnung ankamen, verschwanden Nikos und Wolfgang erst einmal im Bad, während Sophie überlegte, was sie jetzt machen sollten, bis ihre Mutter heimkam. Bestimmt hatten die beiden Hunger. Zwar gab der Kühlschrank bis auf Wurst und Käse nicht viel her, doch mit ein paar sauren Gurken hatte Sophie in Windeseile einen ganz passablen Schnittchenteller gezaubert. Dann rannte sie noch einmal aus dem Haus, holte ein paar Flaschen Saft und wartete, dass die beiden wieder aus dem Bad auftauchten.

Das taten sie nach einer Stunde schließlich auch. Frisch rasiert, geduscht und in eine Wolke von duftendem Aftershave gehüllt. Als sie alle um den kleinen Wohnzimmertisch herumsaßen, wusste niemand so richtig, was er sagen sollte.

»Ich ess dann schon mal«, murmelte Wolfgang schließlich. »Ich bin am Verhungern! Ihr könnt euch ja noch eine Weile anstarren.«

Sophie war gerade nicht nach Schnittchen zumute. Nikos ebenso wenig. Nur Wolfgang schob sich munter ein Häppchen nach dem anderen in den Mund.

»Wie lange bleibt ihr denn?«, fragte Sophie schließlich.

»Willst du uns schon wieder loswerden?«, sagte Wolfgang lachend.

Heftig schüttelte Sophie den Kopf. Das wollte sie natürlich nicht.

»Unser Rückflug geht in neun Tagen.«

»Hoffentlich nicht wieder über rumänische Äcker«, kicherte Sophie. Und da war endlich das Eis gebrochen. Neun Tage! Sie strahlte Nikos an. Und da war auch das komische Gefühl weg, das sie gehabt hatte, als er auf dem Bahnhof so plötzlich vor ihr gestanden hatte.

»Meinst du, wir können solange bei euch wohnen?«, fragte Wolfgang. »Sonst ziehen wir in ein Hotel.«

Darüber hatte Sophie noch gar nicht nachgedacht. Die beiden mussten ja irgendwo schlafen. In ihrer Wohnung gab es allerdings nur zwei Zimmer. In einem schlief Sophie und in dem anderen ihre Mutter. Zu zweit war das kein Problem, aber jetzt waren sie zu viert. Sollte Nikos in ihrem Zimmer schlafen und Wolfgang mit ihrer Mutter auf der Klappcouch im Wohnzimmer? Das würde schiefgehen, das wusste Sophie gleich. Dann blieb nur, dass ihre Mutter bei ihr im Hochbett schlief und die beiden Männer auf der Couch. Aber Sophie wollte nicht mit ihrer Mutter in einem Bett schlafen. Aus dem Alter war sie raus. Egal wie sie's drehte, die Schlafplatzverteilung würde entweder ihr oder ihrer Mutter nicht gefallen.

Veränderungen im Leben von Ulrike Fischer durften nur langsam vonstattengehen. Vor allem, wenn Männer darin vorkamen. Und von langsam konnte in diesem Fall keine Rede sein. Die Hotelvariante fand Sophie allerdings erst recht doof. Bis zum Erscheinen ihrer Mutter musste sie irgendeine Lösung finden.

# 8

Sophie wollte aber nichts lieber, als erst einmal mit Nikos allein zu sein. Zum Glück bestand Wolfgang nicht darauf, dass sie ihn am Wohnzimmertisch unterhielten. Nach den vielen Broten fing er an, vor sich hin zu gähnen, und als er das Sofa zu einem kleinen Nickerchen okkupierte, verließen Sophie und Nikos die Wohnung.

Mindestens tausend Mal hatte Sophie sich den Moment ihres Wiedersehens schon vorgestellt. Doch im Gegensatz zu ihren Träumen war sie nicht lächelnd in Nikos' Arme gesunken, sondern vor Schreck fast unter den Zug gestürzt. Wer weiß, was er jetzt von ihr dachte? Denn als sie nun endlich allein waren, stand er ziemlich verlegen vor ihr. Das war jetzt *die* Gelegenheit, um sie richtig zu küssen und in den Arm zu nehmen! Aber nichts dergleichen passierte. Entspann dich, dachte Sophie. Doch das war leichter gesagt als getan. Schließlich nahm er ihre Hand und sie gingen die dämmrige Straße entlang.

Da kam Sophie eine Idee. Überraschungen konnte sie auch. Und mindestens genauso gut. Nikos würde staunen. Im angrenzenden Neubauviertel gab es einige ziemlich hohe Häuser. Auf die lief Sophie jetzt zu. Zugegeben, es war nicht ganz legal, was sie vorhatte.

Als sie im letzten Stock aus dem Fahrstuhl stiegen und Sophie auf die Feuerleiter zusteuerte, warf Nikos ihr einen besorgten Blick zu. Einen anderen Weg gab es aber nicht. Als sie dann beide auf dem hohen Dach standen, war Nikos überwältigt. Von hier oben konnte man über halb Berlin blicken, das in der anbrechenden Nacht funkelte und glitzerte. Sophie hatte diesen Ort durch Zufall mit Luise entdeckt, als sie in der Schule ein Projekt über Berliner Architektur gemacht hatten.

»Look!«, rief Nikos und zeigte auf ein blinkendes Flugzeug am dunklen Himmel.

In der Nähe befand sich der Flughafen. Man konnte sogar die Positionslichter der Landebahnen erkennen. Begeistert kletterte Nikos auf einen der Betonkästen, unter denen sich die Abluftschächte des Hochhauses befanden. Das kam nun selbst Sophie ein wenig gefährlich vor.

Nikos aber war nicht mehr zu bremsen. Der Wind ließ seine schulterlangen schwarzen Haare im Abendlicht wehen. Von irgendwoher schwang sich eine Melodie aufs Dach. Sophie war ganz hingerissen, als dieser gut aussehende Junge in Jeans und weißem Hemd einen wirbelnden Tanz für sie hinlegte. Allein für sie!

Er hatte aber keine drei Minuten getanzt, als von unten das Heulen einer Feuerwehr zu hören war. Nikos sprang von seinem Podest und sie liefen beide zum Dachrand. Ein paar Feuerwehrmänner rannten ins Haus, die anderen zeigten aufgeregt nach oben.

Oje, dachte Sophie, die mit so viel Aktion zu so später Stunde nicht gerechnet hatte.

Da hörten sie aus der Ferne einen zweiten Löschwagen anrücken. Brannte es etwa in einer Wohnung? Langsam bekam Sophie ein mulmiges Gefühl. Doch auch die nächste Feuerwehr machte keinerlei Anstalten, Schläuche auszurollen, oder was sonst so bei Feuer zu tun war. Schließlich rückte auch noch ein Polizei- und ein Krankenwagen an.

Sophie machte Nikos ein Zeichen, vom Dach zu verschwinden, doch er wollte seinen Beobachtungsposten nicht aufgeben. Vielleicht stellte sich ja bald heraus, warum das ganze Rettungsgeschwader aufgetaucht war. Während sie noch immer zu den Feuerwehrautos hinabschauten, flog hinter ihnen plötzlich die Feuertür zum Dach auf und ein Trupp Feuerwehrleute, gefolgt von Polizisten und einem jungen Arzt, stürmte aufs Dach – und verharrte im selben Moment, als sie Sophie und Nikos an der Dachkante entdeckten.

»Ganz ruhig«, sagte einer der Feuerwehrmänner zu ihnen. »Es gibt für alles eine Lösung.«

Was für eine Lösung denn?, fragte sich Sophie, die noch nicht mal ein Problem entdecken konnte. »Können wir irgendwie helfen?«, fragte sie deshalb den Feuerwehrmann.

Nikos sah Sophie fragend an.

»Das könnt ihr schon«, entgegnete der Mann verwirrt.

Was hat er denn bloß?, dachte Sophie. Sie überlegte

fieberhaft, wie sie so schnell wie möglich verschwinden konnten, denn mit dem Problem dieser Leute wollte sie nichts zu tun haben. Doch der Trupp gab den Weg zur Tür nicht frei.

»Wie heißt ihr zwei denn?«, fragte der Feuerwehrmann.

»Nikos and Sophie«, erwiderte Nikos, froh, endlich etwas zu verstehen.

Da warf sich der Arzt in Positur. »Look«, sagte er, »we like to help you!«

»Help?«, fragte Sophie.

»You are still young. Berlin is a nice city.«

Hatte der Arzt den Verstand verloren? Das wusste sie selbst, dass sie jung war und Berlin eine schöne Stadt. Mein Gott, warum lief er denn so langsam auf sie zu? Eine besorgniserregende Stille legte sich über das Dach, als sich der Arzt Richtung Dachkante bewegte.

»I can help you«, nahm er dabei seine komische Rede wieder auf.

Vielleicht sollte *ihm* jemand helfen, dachte Sophie. Der Mann schien eindeutig Höhenangst zu haben, sonst würde er nicht solchen Quatsch von sich geben. Das machte ihre Mutter auch immer, wenn sie in Panik geriet. Aber die anderen schauten nur tatenlos zu. Als der Arzt im Schneckentempo die Dachkante erreicht hatte, griff Sophie ein.

»Sie müssen keine Angst haben«, sagte sie. »Ich komme!«

»Nein, nein!«, wedelte der Arzt mit den Händen.

Doch Sophie stürmte schon auf ihn zu und hielt ihn mit

beiden Armen umklammert. »Ganz ruhig«, redete sie auf ihn ein und zerrte ihn von der Dachkante fort. Im selben Moment kam Bewegung in den Rettungstrupp.

»Gott sei Dank!«, stöhnte Sophie, die den zappelnden Arzt nicht länger hätte halten können. »Übernehmen Sie ihn bitte«, sagte sie zu dem großen Polizisten, der eindeutig mehr Kraft hatte als sie.

Plötzlich riefen alle wild durcheinander und versuchten, Sophie mitsamt dem Arzt in ihre Mitte zu nehmen. Das Chaos war perfekt. Es dauerte eine Weile, bis Sophie es schaffte, sich aus dem Knäuel zu befreien. Keuchend kroch sie unter all den aufgeregten Leuten hervor. Nichts wie weg! Doch der andere Polizist hatte inzwischen Nikos am Arm gepackt und ließ ihn nicht mehr los.

Sophie hatte es bereits bis an die Feuertür geschafft, aber ohne Nikos konnte sie hier nicht weg. In ihrer Verzweiflung trat sie dem Polizisten vors Schienbein.

»Du kleine Mistgöre!«, schimpfte der und packte Sophie am Genick.

Die versuchte sich kreischend dem eisernen Klammergriff zu entwinden: »Kindesmisshandlung ist verboten!«

Worauf der Polizist sie ärgerlich anfuhr: »Halt endlich den Mund! Wegen dir verpass ich jetzt die zweite Halbzeit von Hertha!«

»Hertha?«, fragte Nikos leise von der anderen Seite.

»Klappe, alle beide!«

Sophie überlegte fieberhaft, wie sie diesem Goliath entkommen konnten. Doch es fiel ihr nichts ein. Die Feuerwehrleute, die unten geblieben waren, schauten sie nur kopfschüttelnd an, als sie aus dem Fahrstuhl traten. Der Arzt, der sich inzwischen von seinem Dachkoller erholt hatte, versuchte, Sophie in seinen Krankenwagen zu zerren, während Sophie sich mit Händen und Füßen wehrte.

»Es ist nur zu deinem Besten«, redete er auf sie ein.

Sophie schluckte. Wohin wollte er sie denn bringen?

»Wir haben eine der besten Kinderpsychiatrien des Landes«, sagte er.

In die Klapsmühle? Hatte er sie nicht mehr alle? Und jetzt kapierte Sophie es endlich. Die Feuerwehrleute hatten befürchtet, sie würden vom Dach springen. So ein Quatsch!

»So, meine Herrschaften«, mischte sich der Polizist ein. »Was hattet ihr auf dem Dach zu suchen?«

Oh Mann! Nikos war keine fünf Stunden in Berlin und schon waren sie beide in Schwierigkeiten. Dabei hatte Sophie ihm nur zeigen wollen, wie romantisch die Stadt im Dunkeln aussah. Aber von schönen Aussichten wollte der Polizist bestimmt nichts hören. Verzweifelt verzog sie das Gesicht.

»Seien Sie bitte etwas freundlicher«, protestierte der Arzt. »Das sind ja noch Kinder!«

»Genau. Und deshalb bekommen sie nun eine Eskorte bis vor die Haustür«, grinste der Polizist. »Und bei der Gelegenheit spreche ich auch gleich mal mit euren lieben Eltern. Eure Adresse lautet?«

»Wir finden schon allein nach Hause«, stotterte Sophie erschrocken.

Der Polizist grinste noch breiter. »Eure Eltern können euch auch persönlich vom Revier abholen.«

Das ist Erpressung, dachte sie und starrte wütend auf das Polizeiauto, auf das sein Kollege jetzt das Blaulicht setzte.

»Ich habe dich nicht verstanden. Wo wohnt ihr?«

Hastig nuschelte Sophie die Adresse.

»Ich werde mich über Sie beschweren!«, schimpfte der Arzt.

Der Polizist zuckte nur mit den Schultern und hielt die Tür zur Rückbank auf. Beschämt kletterte Sophie hinein. Wäre sie bloß nicht auf die Idee gekommen, Nikos Berlin von oben zu zeigen.

# 9

Als sie mit den beiden Polizisten vor ihrer Wohnungstür standen, war von drinnen das Lachen von Ulrike Fischer zu hören. Sophie holte tief Luft. Musste ihre Mutter gerade heute pünktlich heimkommen? Umständlich suchte Sophie nach ihrem Schlüssel, um das Drama noch ein wenig hinauszuzögern. Aber irgendwann musste sie schließlich die Wohnung betreten. Da sah sie dann ihre Mutter mit Wolfgang schäkernd im Wohnzimmer auf dem Sofa sitzen, vor sich eine offene Flasche Wein.

»Mama«, sagte Sophie gequält.

Mit einem Ruck drehte sich ihre Mutter um und starrte die unerwarteten Gäste wortlos an. Sophie konnte förmlich hören, wie ihre Mutter dachte: WAS machen diese Polizisten in meinem Wohnzimmer?

»Frau Fischer«, sagte der eine, »diese beiden jungen Leute haben wir auf einem der Hochhäuser festgenommen.«

»Festgenommen?« Ihre Mutter schnappte nach Luft.

Sophie hatte den romantischen Wiedersehensabend auf einen Schlag ruiniert. Sie startete einen letzten verzweifelten Versuch, die Lage in den Griff zu bekommen. »Sie sind ja von allein gekommen«, warf Sophie dem Polizisten vor. »Wir haben Sie nicht gerufen.«

Doch im selben Moment wusste sie, dass das ein großer Fehler gewesen war. Ihre Mutter funkelte sie wütend an. Nikos nahm entschlossen Sophies Hand.

»Was hattet ihr denn da oben zu suchen?«, fragte Wolfgang ungehalten. »Ich habe Nikos' Mutter versprochen, ihren Sohn wieder wohlbehalten daheim abzuliefern.«

»Ich wollte Nikos doch bloß die Stadt zeigen«, stotterte Sophie.

»Da hing ein großes Schild an der Tür, *Betreten verboten!*«, warf der Polizist ein. »Aus einem einfachen Grund, weil es gefährlich ist!«

Da hatte Sophie schon viel gefährlichere Dinge gemacht, aber diesmal hielt sie lieber den Mund.

Unvermittelt fragte der Polizist: »Und wer bezahlt nun die Feuerwehr?«

Eine unangenehme Stille entstand in dem kleinen Wohnzimmer. Sophie sah gerade ihr Taschengeld für die nächsten fünf Jahre dahinschwinden.

»Wir hatten vier Löschzüge im Einsatz«, begann der Polizist laut zu rechnen. »Einen Rettungswagen, meine Wenigkeit nebst meinem Kollegen hier. Ich werde mal nicht so genau sein. Das wären rund 20 000 Euro.«

Sophies Mutter schnappte nach Luft. »Zwanzigtausend?«

»Pro Stunde«, verbesserte der Polizist. »Und da ist der Rettungshubschrauber noch nicht dabei, der schon in Marzahn losgeflogen war. Der musste dann aber zu einem Verkehrsunfall auf der Autobahn.«

Sophies Mutter wollte noch etwas erwidern, doch es kam nur noch ein leises *Pfffff* aus ihrem Mund, dann klappte sie zusammen. Erschrocken rannte Sophie ins Bad und holte ein nasses Handtuch, das sie ihr auf die Stirn drückte, während Wolfgang panisch versuchte, Ulrike zurück auf die Beine zu stellen. Bei all dem Geruckel und Geschiebe schlug Sophies Mutter tatsächlich wieder die Augen auf. Die Polizisten standen immer noch da, die Daumen unter ihre Ledergürtel geschoben, und betrachteten ungerührt das Chaos.

Soll doch der Idiot die Feuerwehr bezahlen, der sie gerufen hat, dachte Sophie und drückte ihrer Mutter weiter das Handtuch auf die Stirn.

»Sehen Sie nicht, dass das hier ein Notfall ist?«, rief Wolfgang aufgebracht.

»Nee, ich seh nix«, entgegnete der Ordnungshüter.

»Wir haben die Wiederbelebung selbst vorgenommen«, ließ Wolfgang sich nicht beirren, »so sind der Stadt die Kosten für den Rettungswagen erspart geblieben. Das ergibt mit dem Dacheinsatz insgesamt plus/minus null. Oder, Officer?«

Der Polizist riss die Augen auf. »Ähm. Hm.«

»Sonst müssen wir Sie leider wegen unterlassener Hilfeleistung verklagen.«

Wahrscheinlich bedauerte der Polizist inzwischen, den Arzt heimgeschickt zu haben, denn er hatte es eindeutig mit einer komplett durchgeknallten Familie zu tun. Selbst die Erwachsenen hatten nicht mehr alle Latten am Zaun.

»Was kommt jetzt raus bei Ihrer Rechnung?«, mischte sich Sophies Mutter mit matter Stimme ein.

»Null Komma nichts«, sagte der Polizist und setzte seine Mütze auf.

Sophie wusste nicht, was sie schlussendlich gerettet hatte. Vielleicht, dass niemandem etwas passiert war. Jedenfalls wünschte er ihnen einen guten Abend und verschwand mit seinem Kollegen erleichtert aus der Wohnung.

Als die Polizisten endlich fort waren, fiel Sophies Mutter ein, dass sie noch erzieherisch tätig werden sollte. Sophie kannte diesen Blick. Als ob sie drei wäre! Ihre Mutter hob tatsächlich die Hand und wies mit dem Zeigefinger Richtung Sophies Zimmer.

»Ich will dich heute nicht mehr sehen, Fräulein!«

Fräulein! War das peinlich vor Nikos! Doch angesichts einer drohenden Rechnung von 20 000 Euro wohl das geringere Übel.

Aber ein Gutes hatte der Erziehungsanflug ihrer Mutter: Die Aufteilung der Schlafplätze in der engen Wohnung war nun beschlossen. So weit hatte ihre Mutter bestimmt nicht gedacht, als sie Sophie für den Rest des Abends mit Nikos in ihr Zimmer verbannte. Nun blieb ihr selbst nur die Mit-Wolfgang-auf-der-Couch-Variante. Aber das war ausnahmsweise einmal nicht Sophies Schuld.

# 10

Am anderen Morgen kroch Sophie übermüdet von ihrem Hochbett. Das lag nicht daran, dass sie und Nikos die halbe Nacht geredet hatten. Nein, Nikos hatte ganz gemütlich in der Hängematte unter Sophies Hochbett geschaukelt, sie hatten sich die Kopfhörer von ihrem MP3-Player geteilt und stundenlang zusammen Musik gehört. Zuerst war Sophie unsicher gewesen, ob Nikos das überhaupt recht war, so allein da unten. Doch er hatte sich gleich nach dem Betreten ihres Zimmers begeistert in ihre Hängematte geworfen und war gar nicht auf die Idee gekommen, sich zu ihr ins Hochbett zu legen.

Wie ihre Mutter die Schlaffrage für sich geregelt hatte, sah Sophie, als sie von ihrem Zimmer leise ins Bad tappte. Wolfgang schlummerte friedlich auf Ulrikes Luftmatratze vor dem Sofa, seine Füße unter den Couchtisch gestreckt.

Ist doch alles wunderbar, dachte Sophie, als sie sich die Zähne putzte. Wenn sie jetzt bloß nicht in die Schule müsste. Sie brauchte erst gar nicht darauf hoffen, dass ihre Mutter ihr eine Entschuldigung schrieb. Der einzige Grund, der bei Ulrike fürs Schulfernbleiben zählte, war, wenn die Schule abbrannte oder Sophie bewusstlos war. Das Auftauchen griechischer Märchenprinzen zählte eindeutig nicht dazu.

Ein paar Minuten später erschien ihre Mutter im Bad, ebenfalls total übernächtigt, aber über das ganze Gesicht strahlend. Den Feuerwehreinsatz schien sie über Nacht vergessen zu haben – und Sophie würde sie nicht daran erinnern.

Sophie wollte die gute Laune ihrer Mutter nicht ungenutzt lassen. »Muss ich wirklich ...?«, begann sie.

»Sophie«, schnitt ihre Mutter ihr das Wort ab, »ihr könnt noch den ganzen Nachmittag etwas unternehmen. Aber bitte, nehmt die S-Bahn. Keine Polizeiwagen mehr!«

Da fiel Sophie ein Stein vom Herzen. Auch wenn ihre Mutter nicht die perfekteste im Mütterhimmel war – mit ihrem zweifelhaften Kochtalent und einer Erziehung, der es an jeglicher pädagogischer Logik fehlte – so war sie doch nie nachtragend.

Als Sophie ihren Schulrucksack aus ihrem Zimmer holte, schlief Nikos noch immer selig in der Hängematte. Sie hauchte ihm einen kleinen Kuss auf die Stirn, dann musste sie los. Ihre Mutter wartete schon draußen im Treppenflur. Sie hatte Frühschicht.

»Am Wochenende machen wir alle was Schönes«, versprach sie.

Dann rannten sie zusammen die Treppe hinunter und bis zur nächsten Kreuzung, wo Sophie zur Schule abbog und Ulrike Fischer in Richtung Bahnhof. Sophie hatte es sonst nie eilig, in die Schule zu kommen, doch heute konnte sie es kaum erwarten, Luise von der aufregenden Neuigkeit zu erzählen.

»Er ist da!«, rief Sophie ihr schon von Weitem zu, als sie ihre Freundin aus der Lindenallee auf sich zustürzen sah.

»Wer ist da?«, keuchte Luise, die morgens immer bis zur letzten Minute im Bett blieb.

»Nikos. Er ist da!«

»Das glaubt sie dir nie, das sag ich dir gleich.«

Sophie war stehen geblieben. »Wer glaubt das nie?«

»Charlotte«, sagte Luise.

»Wieso denn Charlotte?«

»Unser Plan? Schon vergessen?«

Sophie fasste sich an die Stirn. »Wir brauchen keinen Plan mehr! Nikos ist da und zwar in echt. Da kann auch Charlotte nichts mehr dagegen sagen.«

»Für einen Aprilscherz bist du etwas spät dran, meine Liebe.«

»Er ist mit einem Zug aus Moskau gekommen, ehrlich«, erzählte Sophie aufgeregt, »weil sein Flugzeug in Rumänien notlanden musste, und dann ist er quer über den Acker zur nächsten Autobahn.«

Luise schaute sie merkwürdig von der Seite an. »Und jetzt schläft er in der Hängematte unter deinem Bett oder was?«

»Woher weißt du das denn?«

»Ach, Sophie, mir kannst du doch die Wahrheit sagen. Da musst du dir keine Geschichten ausdenken.«

Sophie war den Tränen nahe. »Und ein polnischer Hühnerlaster hat ihn zusammen mit Wolfgang bis Krakau mitgenommen«, schniefte sie.

Luise schüttelte nur den Kopf. »Wollen wir heute ins Kino?«, fragte sie. »Lars hat Handballtraining.«

Klar, dachte Sophie grimmig, als Ersatz war sie gut genug. »Kann nicht«, murmelte sie. »Nikos wartet auf mich.«

Den Rest des Weges sagte sie kein Wort mehr.

Dafür sagte Charlotte umso mehr, als sie zusammen die Klasse betraten. »Na, ist das Pferd wieder gesund? Oder hat dich dein Märchenprinz heute mit dem Hubschrauber gebracht?«

Es war etwas passiert mit Sophie, seit Nikos aufgetaucht war. Sie hatte plötzlich keine Angst mehr vor Charlotte. Und so stellte sie sich vor Charlotte hin und sagte: »Nein, er schläft leider noch, weil sein Flieger in Rumänien notlanden musste und er deshalb nicht pünktlich kommen konnte.«

Die halbe Klasse lachte, während Sophie mit erhobenem Kopf zu ihrem Platz ging.

»Jetzt hör doch endlich mal auf mit dem Quatsch«, sagte Luise, als Sophie sich neben sie setzte.

Wenn Luise wüsste! Sophie grinste. Daheim schaukelte Nikos gemütlich in ihrer Hängematte. Da konnte Charlotte lachen, so viel sie wollte.

# 11

Zum Glück ließ der Vormittag Charlotte keine Zeit, Sophie mit weiteren Fragen zu nerven. Erst quälte sie der Grammatik-Heinz und dann nahmen sie in Chemie die Stoffe und ihre Eigenschaften durch. Aus welchem Stoff ist eigentlich Liebe?, dachte Sophie und träumte sich von Stunde zu Stunde.

Irgendwann tauchte Bronski auf, ihr neuer Erdkundelehrer. Mit seinen zwei Metern erreichte er auf der Europakarte selbst Spitzbergen noch mit der Hand. Das würde ein Spaß mit ihm werden. Es hieß, bis in seine Kopfhöhe mussten sie die Europakarte auswendig wissen und jeden kleinen Erdhügel darauf benennen können. Wenn nicht, hagelte es ›Wissenserweiterungsvorträge‹.

»Meine Herrschaften«, begrüßte er sie gut gelaunt, »ich weiß, mein Ruf eilt mir voraus. Aber keine Sorge, in diesem Schuljahr beschäftigen wir uns vor allem mit dem deutschen Wald.«

Ein Stöhnen ging durch die Klasse, selbst Charlotte murrte.

»Dazu werden wir ein Projekt machen.«

Sophie glitt wieder in den Traummodus. Ob Nikos schon aufgestanden war? Vielleicht schaute er sich mit Wolfgang ein wenig die Gegend an.

Im Englischunterricht musste sie leider wieder auf Zuhören schalten. Mrs Miller war nichts fürs Prinzentraumprogramm. Die Englischlehrerin wirbelte die ganze Zeit zwischen den Bankreihen herum, damit niemand auch nur auf die Idee kam, sich für eine Minute im Geiste zu verabschieden. Und zum ersten Mal in ihrer Schulkarriere konnte Sophie ihr mühelos folgen. Dem wochenlangen Facebook-Schreiben sei Dank! Dabei hatte sie mehr Englisch gelernt als in allen Schuljahren zusammen. Sie verstand jetzt jedes Wort. Deshalb meldete sie sich begeistert, als Mrs Miller Freiwillige für einen Vortrag suchte. Das Thema: Berlin.

Charlotte drehte sich verwundert zu ihr um. Auch Luise schaute sie fragend von der Seite an. So viel Unterrichtseifer sah man bei Sophie selten und schon gar nicht in Englisch. Da kämpfte sie seit Jahren, um nicht von ihrer Drei abzurutschen.

»Fine, fine«, sagte Mrs Miller erfreut. »Ist doch ein schöner Start ins neue Schuljahr!«

Da hatte Sophie allerdings den Rest der Aufgabe noch nicht gehört.

»Und das Ganze gibst du mir schriftlich ab. Montag, in der übernächsten Woche.«

Mist! Sophie fluchte innerlich. Das konnte auch nur ihr passieren! Sie wollte mit Nikos die Stadt erkunden und nicht jeden Nachmittag an diesem verdammten Vortrag arbeiten.

»Berlin ist doch einfach«, versuchte Luise sie zu trösten. »Das kennst du doch.«

Ja, die besten Dachaussichten und schönsten Badeplätze. Aber die Miller wollte ja vor allem Beschreibungen über Museen und Kunstschätze. Dafür würde sie stundenlang im Wörterbuch nachschlagen müssen. Toll gemacht, Sophie Fischer! Wirklich toll.

# 12

Wenigstens war der Unterricht bald vorbei. Sophie konnte es kaum erwarten, endlich heimzukommen. Nur noch eine Stunde Mathe trennte sie von Nikos. Gut gelaunt wie immer betrat Zadek die Klasse.

»Willst du wirklich nicht mit ins Kino?«, fragte Luise noch einmal.

Sophie schüttelte den Kopf. Sie hatte es aufgegeben, Luise davon zu überzeugen, dass Nikos in Berlin war. Mittlerweile war es ihr egal, was die anderen dachten.

Während Zadek ellenlange Bruchrechnungen an die Tafel schrieb, geschah draußen auf dem Schulhof auf einmal etwas, das alle Blicke auf sich zog. Niemand schaute mehr an die Tafel, alle sahen aus dem Fenster. Nur Sophie und Luise hatten in der Wandreihe leider nicht die Chance auf interessante Ablenkungen.

»Echt krass«, sagte Mewe, die in der Mittelreihe mehr Glück hatte und sich bald den Hals verrenkte.

Da drehte sich Zadek um: »Was ist denn los?«

Mewe zeigte hinunter auf den Schulhof.

Jetzt hielt Sophie es nicht mehr aus. Neugierig stand sie auf. Zuerst sah sie nur die Spitzen der kleinen Kletterburg der Erstklässler und ein paar Sneakers, die durch die Luft tanzten. Jemand turnte dort im Handstand die Treppe hinauf, als ob das Laufen auf Händen das Normalste der Welt wäre.

»Wer ist denn das?«, tuschelten einige aus der Fensterreihe.

Aber niemand kannte den Artisten, der nur mit Turnschuhen und Jeans bekleidet über die Holzburg turnte. Bei jeder Bewegung sah man, wie sich seine Armmuskeln kraftvoll bewegten, während er sich langsam der gefährlichsten Stelle näherte. Ganz oben in der Hängebrücke fehlten zwei Bretter. Alle wussten das, aber niemand rührte sich. In der Klasse war es mucksmäuschenstill geworden. Selbst Zadek hatte seine Mathematik vergessen. Unter der Brücke ging es vier Meter in die Tiefe.

Ein paar Sekunden zögerte der unbekannte Artist vor dem breiten Spalt. Als er sich abstieß und über die gefährliche Stelle sauste, blieb Sophie fast das Herz stehen. Aber er landete sicher auf der anderen Seite und kletterte auf den Händen die Treppe wieder hinab. Unten angekommen, ließ er sich in den Sand fallen, nur um gleich darauf mit einer Rückwärtsrolle wieder aufzuspringen. Als Sophie die schwarzen Locken erkannte, blieb ihr Herz fast ein zweites Mal stehen.

Zadek zwinkerte ihr zu. »Ich glaube, wir haben heute einen Gast.«

Alle drehten sich zu Sophie um, die sofort knallrot wurde.

»Magst du ihn nicht hochrufen?«, fragte Zadek.

Doch Sophie war wie erstarrt.

Inzwischen hatte Nikos T-Shirt und Jacke wieder übergezogen und klopfte sich den Sand von der Jeans. Charlotte in der ersten Reihe fielen beinahe die Augen aus dem Kopf. Märchenprinz war noch weit untertrieben. Unter der blassen Berliner Septembersonne wirkte Nikos wie ein Prinz aus Tausendundeiner Nacht. Edel, sportlich und von himmlischem Aussehen.

Sophie drückte die Knie durch und lief an Charlotte vorbei zum Fenster. Weiter hätten ihre Füße sie auch nicht getragen. Als sie das Fenster öffnete, musste sie sich am Griff festhalten.

»Kennst du den Typen etwa?«, fragte Yanek hinter ihr.

Sophie versuchte, sich auf ihre Stimme zu konzentrieren, doch heraus kam nur ein heiseres Krächzen. Dass dieser tolle Typ da unten ihr Freund war, der einzig gekommen war, um sie von der Schule abzuholen, das musste sie erst einmal verkraften. Der zweite Anlauf gelang schon besser. »Hallo!«, rief sie.

Endlich schaute Nikos in ihre Richtung. Und da lächelte Sophie und winkte ihm zu, dass er heraufkommen solle. Mit zitternden Händen schloss sie das Fenster.

Charlotte war trotz ihrer Maledivenbräune ein wenig blass geworden. Sophie konnte sich ein Grinsen nicht verkneifen, als sie zurück zu ihrem Platz ging. Zadek setzte die Rechenaufgabe an der Tafel fort, aber niemand schrieb mit. Alle starrten auf die Tür.

Nach einer Weile hörte man ein leises Klopfen.

»Come in!«, rief Zadek.

Lächelnd betrat Nikos den Klassenraum und schaute sich etwas unsicher um. Doch als er Sophie entdeckt hatte, erstrahlte der ganze Götterhimmel über dem Klassenraum.

»You always give me a surprise!«, sagte Zadek und schüttelte Nikos die Hand.

Sosehr Sophie sich eben noch gefreut hatte, so schnell löste sich dieses Gefühl plötzlich in schreckliche Peinlichkeit auf – denn Zadek fragte Nikos, ob er es ohne Sophie auf Kreta nicht mehr ausgehalten habe.

Nikos grinste, als er sagte, er sei mit Wolfgang hier.

Bitte, bitte, hör auf damit, dachte Sophie. Wer weiß, was der Lehrer sonst noch alles ausplauderte über ihre unfreiwillig gemeinsame Kreta-Reise. Zum Glück schien er sich wieder daran zu erinnern, dass sie eigentlich Mathe hatten.

»Setz dich doch hinter Sophie und Luise«, sagte er. »Da ist noch ein Platz frei.«

»Krasser Typ«, hörte sie einen der Jungs sagen.

Nikos warf ihr ein lautloses *Hi* zu, als er an ihr vorbeiging, und ließ sich schließlich auf den Stuhl hinter den Mädchen fallen. Aber an Unterricht war jetzt nicht mehr zu denken. Ständig drehte sich jemand zu Nikos um, und da Sophie genau vor ihm saß, trafen zuerst sie all die Blicke, die eigentlich für ihn bestimmt waren. Selbst Charlotte konnte es nicht lassen, obwohl die doch ihren Sebastian hatte. Jeder war in Gedanken mit diesem geheimnisvollen, gut aussehenden Typ beschäftigt und warum er ausgerechnet zu Sophie gehörte.

Nur Luise schien sich mit ihr zu freuen. »Muss ich wohl allein ins Kino«, flüsterte sie lächelnd.

»So, Herrschaften«, sagte Zadek, »wer hat eine Lösung?«

Niemand meldete sich. Wie auch, wenn hinten in der Klasse ein Geheimnis hockte, das Anlass zu allen möglichen Vermutungen gab.

»Wie ist es mit dir?«, fragte Zadek Nikos auf Englisch. »Hast du eine Idee?«

Sophie sah Charlotte an, dass sie nur darauf lauerte, endlich einen Makel an diesem Wunderprinzen zu entdecken. Und Sophie befürchtete, dass dies genau der Zeitpunkt sein würde. Doch Nikos stand auf, ging an die Tafel und rechnete den komplizierten Bruch aus, den Zadek angeschrieben hatte. Und zwar fehlerlos.

Sieht aus wie Adonis, rechnet wie Pythagoras und ist sportlich wie ein Spartaner – wie hast du das hinbekommen, Sophie Fischer, dir so einen Typ zu angeln? Hast du ihn bestochen oder was? All das lag in Charlottes Blick, als sie Sophie grimmig anschaute. Aber die konnte sich das Wunder selbst kaum erklären.

Zum Glück klingelte es zum Stundenende und Sophie war erlöst von all den bohrenden Blicken. Rasch warf sie ihre Mathesachen in den Rucksack, schnappte sich Nikos und war mit ihm aus dem Klassenraum, noch ehe irgendjemand etwas fragen konnte.

# 13

Draußen rannte Sophie über den Schulhof davon. Nikos betrachtete es wohl als Spiel und rannte ihr nach, so schnell er konnte. Doch für Sophie war es nichts als reine Flucht. Nur weg von all ihren neugierigen Mitschülern. Sie lief, bis ihr fast die Lunge aus der Brust sprang. Erst an der S-Bahn-Station blieb sie keuchend stehen.

»Gee!«, japste Nikos. »Bist du schnell!«

Sophie wischte sich den Schweiß von der Stirn. Wenn er wüsste, warum sie so gerannt war, würde er sich nicht mehr wundern. Sie kam sich plötzlich kindisch vor.

»Tolle Schule«, sagte Nikos.

»Geht so.«

Über die Schule wollte Sophie erst mal nicht reden. Sie schaute auf ihre Uhr. In einer Stunde hatte ihre Mutter Dienstschluss. Das würde gerade reichen.

»Hast du Lust auf eine Fahrt?«, fragte sie Nikos.

»Durch die Stadt?«

»Nee, um die Stadt herum.« Sie malte einen Kreis in die Luft. »Im Ring.«

Und sie erklärte Nikos, dass man mit der S-Bahn einmal um Berlin herumfahren konnte. 37 Kilometer über 27 Bahnhöfe und durch 7 Stadtbezirke.

»Klingt super«, sagte er begeistert.

Oben auf dem Bahnsteig fuhr gerade die nächste Ringbahn ein. Sie rannten die Treppe hoch und sprangen durch die offene Tür, die sich im selben Moment hinter ihnen schloss. Kichernd ließen sie sich auf eine Bank fallen. Und dann saßen sie einfach nur da, während draußen die Stadt vorbeirauschte. Sophie schloss die Augen, als Nikos sie ganz eng an sich zog. Das Leben war manchmal doch perfekt. Nie hätte sie gedacht, dass sie Wolfgang mal so dankbar sein würde. Dabei hatte sie ihn am Anfang überhaupt nicht ausstehen können, wie er mit seinem blöden Wandergruppenschild auf dem Flughafen gestanden hatte.

»Was macht Wolfgang denn jetzt?«, fragte sie Nikos.

»Weiß nicht.«

Hoffentlich kam er nicht auf die Idee, ihre Mutter von der Arbeit abzuholen. Sophie kannte ihre Mutter. Auch wenn sie wie verrückt verliebt war in diesen Typen, Ulrike Fischer musste Schritt für Schritt an ihn gewöhnt werden. Auch wenn Sophie der Meinung war, dass vierzehn Jahre ohne Mann im Haus langsam genug waren. Doch ihre Mutter würde es fertigbringen, Wolfgang vor die Tür zu setzen, wenn ihr alles zu schnell ging. Deshalb würde sie ihre Mutter mit Nikos nachher selbst von der Arbeit abholen. Außerdem konnte sie sich unterwegs schon ein wenig für ihren Englischvortrag inspirieren lassen und gleichzeitig mit Nikos kuscheln. Mehr konnte man von einer Berliner S-Bahn-Fahrt nun wirklich nicht erwarten.

# 14

Als Sophie die Tür zum Bahnhofslokal aufstieß, war der große Mittagsansturm vorbei. Ein bisschen komisch war ihr schon zumute, mit Nikos aufzutauchen. Sie war noch nie mit einem Jungen hier gewesen. Wer weiß, was ihre Mutter bereits alles erzählt hatte. Sie machte gerade Kasse, als Sophie mit Nikos den kleinen Büroraum des Lokals betrat.

»Ist was passiert?«, fragte ihre Mutter überrascht.

»Entspann dich, Mama, wir wollen dich nur abholen.«

Misstrauisch schaute Ulrike Fischer von einem zum anderen. Sie konnte aber nichts Außergewöhnliches entdecken und scheuchte die beiden wieder nach vorn. »Lasst euch von Lorenzo eine Cola geben. Ich komme gleich.«

»Hey, Prinzessin!«, strahlte Lorenzo, als er Sophie sah.

Er wollte natürlich wissen, wer der junge Mann an ihrer Seite war. Lorenzo kannte alle Herzenskümmernisse von Sophie seit ihrem ersten Lebensjahr. Er hatte mit ihr geweint, als sich ihre erste Sandkastenliebe Daniel von der dicken Dana mit ein paar schnöden Schokobonbons ködern ließ. Auch das Drama um den schönen Schwimmtrainer Robert hatte er tapfer mit ihr durchgestanden. Ein Jahr lang hatte Sophie sich im Schwimmkurs abgequält und er hatte sie nicht einmal beachtet. An Nikos konnte Lorenzo aber gerade kein bisschen Unglückspotenzial entdecken. Im Gegenteil. Nikos schien ihm auf Anhieb zu gefallen.

»Deine Mutter ist heute ziemlich durch die Wind«, sagte er zu Sophie. »Ist was passiert bei euch? Sie nervt mich schon den ganzen Tag.«

Da wusste Sophie, dass ihre Mutter nichts erzählt hatte. Sie drehte das Colaglas in ihren Händen. Sollte sie es Lorenzo verraten? Vielleicht war ein wenig Unterstützung ja nicht schlecht.

»Wir haben Besuch«, sagte Sophie mit einem Blick zum Nebenraum, in dem ihre Mutter immer noch die Tageseinnahmen zählte.

»Das sehe ich«, erwiderte Lorenzo.

»Nein, noch mehr Besuch.«

»Jesus!« Lorenzo riss die Augen auf. »Du meinst, noch eine Mann?«

»Hm«, nuschelte Sophie, die sich plötzlich nicht mehr so sicher war, ob es richtig war, Lorenzo einzuweihen. Er kannte ihre Mutter nach all den Jahren inzwischen ziemlich gut und wusste, dass Männergeschichten bei Ulrike Fischer immer tragisch endeten.

»Was für eine Mann?«, fragte er deshalb neugierig.

»Der Reiseleiter von unserer Kreta-Reise.«

Lorenzo wiegte den Kopf. Er hatte miterlebt, wie Ulrike die coolsten Typen hatte abblitzen lassen. Mit Wehmut erinnerte Sophie sich an den letzten. Der Freitags-17.15 Uhr-

ICE-Typ aus Köln. Der hatte siebzehn Wochen lang jeden Freitag einen Kaffee bei ihrer Mutter bestellt. Das ganze Lokal hatte mitgefiebert. Doch um von Ulrike Fischer erhört zu werden, musste man mehr tun, als nur ihren Kaffee loben.

»Ich habe eine Auge auf sie«, sagte Lorenzo mitfühlend, als Sophies Mutter aus dem Nebenraum stürmte. »Lorenzo«, jammerte sie, »ich habe schon viermal was anderes herausbekommen!«

Lorenzo fasste Ulrike um die Hüfte und schwang sie sanft in Richtung Ausgang. »Alles wird gut, meine Liebe. Feierabend für heute. Wir sehen uns morgen.«

»Aber die Kasse …«

»Stimmt seit zehn Jahren und stimmt sicher auch heute. Ich zähle gleich noch mal nach!« Er schob sie lächelnd aus dem Lokal.

Nikos und Sophie sprangen von ihren Stühlen und liefen Ulrike nach. Draußen hakte sich Sophie bei ihrer Mutter ein. Die wollte Sophie erst abschütteln, doch in dem Moment donnerte ein ICE durch den Bahnhof und wirbelte den Fischer-Frauen die langen blonden Haare durchs Gesicht. Der ganze Bahnhof bebte. Ulrike ließ sich von dem Wirbel mitreißen; sie fasste Sophie an beiden Händen und drehte sie ausgelassen im Kreis herum, bis die kreischend nach Luft schnappte. Nikos klatschte begeistert zu der plötzlichen Fischer-Tanzeinlage. Als der Zug durchgefahren war, lachten sie alle. Und Sophie atmete auf.

# 15

Daheim empfing sie ein verführerischer Duft von frischem Thymian und Rosmarin. »Bin gleich fertig!«, tönte es fröhlich aus der Küche. Neugierig steckten sie alle den Kopf zur Tür hinein. Die Küche sah aus wie ein Albtraum. Jede freie Fläche war mit dreckigem Geschirr, Gemüseabfällen und leeren Dosen bedeckt. Und zwischen alledem schwang Wolfgang Mamas Heiligtum, den geschnitzten Kochlöffel aus Rosenholz. Gerade tauchte er ihn wieder in die duftende Suppe, die auf dem Herd vor sich hin blubberte. Ihre Mutter presste die Lippen aufeinander und lehnte sich gegen den Türrahmen.

»Komm, wir decken den Tisch«, flüsterte Sophie und zog Nikos ins Wohnzimmer.

Dort erwartete sie gleich der nächste Schock.

Das Wohnzimmer hatte sich in ihrer Abwesenheit in eine Art Männerwohnheim verwandelt. Hastig riss Sophie Wolfgangs Socken vom Lampenschirm, die da anscheinend zum Luftbügeln hingen, und die Hemden von den Bücherregalen und stopfte alles in seinen Rucksack. Dann warf sie das Bettzeug in den Bettkasten, schob das Klappsofa zusammen und die Luftmatratze nebenan auf ihr Hochbett. Mit einem Ohr lauschte sie dabei immer Richtung Küche. Es war erschreckend still dort.

Lag Wolfgang inzwischen tot auf dem Küchenboden? Niedergestreckt mit dem Rosenholzlöffel? Er hatte das furchtbarste Verbrechen begangen, dass man im Hause Fischer & Fischer begehen konnte. Er hatte den Kochlöffel benutzt, den Sophies Vater Ulrike geschenkt hatte, kurz bevor er verschwunden war. Das einzige Andenken an ihn, den Montags-ICE-Typen aus Hamburg.

Als Sophie mit Nikos das Wohnzimmer wieder tipptopp in Ordnung gebracht hatte, schlich sie auf Zehenspitzen in den Flur. Vielleicht konnte sie Wolfgang helfen. War doch nur ein Löffel. Sophie hatte sowieso nie verstanden, warum ihre Mutter noch immer an dem Teil hing.

Als sie in die Küche schaute, war sie verwundert und erleichtert zugleich. Es gab keine Toten. Gott sei Dank! Nur ausgiebige Mund-zu-Mund-Beatmung.

Leise zog Sophie sich wieder zurück. Jahrelang hatte sich ihre Mutter von jeglichen Männern ferngehalten. Wegen der Enttäuschung, die Sophies Vater ihr bereitet hatte. Hoffentlich verschwand Wolfgang nicht auch so urplötzlich. Das würde Ulrike Fischer kein zweites Mal überstehen.

Sophie setzte sich mit Nikos aufs Sofa und wartete. Lange konnte das nicht mehr dauern in der Küche. Sie hatte Hunger. Aber es dauerte und dauerte. Genau sechsundzwanzig Minuten und acht Sekunden. Wahrscheinlich holte ihre Mutter nach, was sie in den vergangenen vierzehn Jahren versäumt hatte.

»Seid ihr schon verhungert?«, rief Wolfgang schließlich aus der Küche. »Wir mussten noch die Suppe nachsalzen!« Grinsend schleppte er den großen Topf herein.

Zumindest übertrafen Wolfgangs Kochkünste bei Weitem das, was Ulrike Fischer zustande brachte. Sophie machte sich gleich über die Suppe her. Seit dem Frühstück hatte sie nichts mehr gegessen, denn heute herrschte der Ausnahmezustand, deswegen war der Lieferservice ausgefallen. Während sie nun die köstliche Suppe aß, betrachtete sie aus den Augenwinkeln, wie ihre Mutter so albern herumkicherte, dass es Sophie langsam peinlich wurde. Zum Glück fiel ihrer Mutter irgendwann wieder ein, dass sie nicht allein am Tisch saß.

»Wie war's denn in der Schule?«, fragte sie Sophie.

»Gut«, nuschelte die.

Nikos hatte noch immer etwas Schwierigkeiten mit der deutschen Sprache, aber Schule hatte er verstanden und erzählte stolz, dass er Sophie abgeholt hatte. Und dass er sogar in der Mathestunde bei Zadek gewesen war.

»Wirklich?«

Wenn Sophies Mutter etwas Respekt abnötigte, so war es höhere Bildung. Bei sich selbst hielt sie diesen Zug längst für abgefahren. Einmal Kellnerin, immer Kellnerin.

Mit großem Unbehagen stellte Sophie fest, dass Nikos' Bericht ihre Mutter scheinbar auf eine Idee brachte. Sie konnte es in Ulrike Fischers Kopf förmlich rattern hören. Es hatte schon so einige Einfälle ihrer Mutter gegeben, die

Sophie nur mit Mühe überlebt hatte. All die unsäglichen Ballettstunden, die sie in eine Tanzfee verwandeln sollten, oder der schreckliche Geigenunterricht bei Dr. Quintenzirkel. Sophie hatte ihr alles verziehen. Aber das, was ihrer Mutter an jenem Abend durch den Kopf ging, würde sich als unverzeihlich herausstellen.

Doch noch saßen sie alle lachend um den kleinen Wohnzimmertisch. Noch war Sophies Welt in Ordnung und sie löffelte Wolfgangs zuckersüßen Himbeer-Sahne-Nachtisch in sich hinein – in der Vorfreude auf ein langes freies Wochenende.

# 16

Der Samstagmorgen brachte allerdings ein ernüchterndes Erwachen. Zumindest für Sophies Mutter. Eine Kollegin war krank geworden und sie musste für sie die Spätschicht übernehmen. Außerdem türmte sich inzwischen das dreckige Geschirr schon schrankhoch in der Küche.

»Entspann dich«, sagte Wolfgang zu Ulrike. »Ich erledige das später. Wir zwei machen jetzt einen kleinen Spaziergang.«

Als sie endlich weg waren, atmete Sophie auf und verfrachtete die erste Ladung schmutziger Teller in den Geschirrspüler. Die Küche sah danach zwar immer noch aus wie nach einem Meteoriteneinschlag, doch Sophie wollte den Tag bestimmt nicht mit Putzen verbringen. Es war September und versprach einer der letzten warmen Sommertage zu werden.

»Lass uns schwimmen gehen«, schlug sie Nikos deshalb vor.

»Im Meer?«, fragte Nikos grinsend.

»Noch viel besser als Meer«, sagte Sophie und holte ihre Badesachen.

In ihrem Kopf tauchte kurz der Gedanke an ihren Englischvortrag auf, der sich jedoch gleich wieder verflüchtigte. Wer setzte sich an so einem Tag freiwillig an den Schreibtisch?

Als sie am Treptower Park aus der S-Bahn stiegen, nahm sie Nikos' Hand und lief mit ihm Richtung Wasser.

»Baden wir in die Fluss?«, fragte er.

Sophie schüttelte entsetzt den Kopf. Kein Mensch badete in der Spree, zumindest kein Berliner, der noch bei Verstand war. Obwohl es erst Vormittag war, begegneten ihnen eine Menge junge Leute, die ebenfalls in die kleine Seitenstraße hinunter zur Spree einbogen.

»Was das?«, fragte Nikos, als sie schließlich vor einem Kassenhäuschen standen.

»Das Badeschiff«, erklärte Sophie stolz.

»Wir fahren Schiff?«

Sophie bezahlte rasch und schob ihn aufs Gelände. »Nein, wir fahren nicht Schiff. Wir baden in einem.«

Am Ufer der Spree war der untere Teil eines ausrangierten Schiffes festgemacht. Er war zu einem dreißig Meter langen Swimmingpool umgebaut worden, der jetzt in der Spree schwamm. Drum herum gab es breite Stege und Holzplattformen, auf denen man sich sonnen konnte. Das Ufer war mit weißem Sand aufgeschüttet. Es gab auch eine Strandbar mit Liegestühlen.

»Great«, staunte Nikos.

Dann griff er Sophies Hand und zog sie hastig mit sich zu einem der Stege. Das Schiff war bereits ziemlich voll, doch er hatte die letzte freie Hängematte entdeckt. Lachend ließen sie sich beide hineinfallen. Über ihnen war nichts als ein strahlend blauer Septemberhimmel und zu ihren

Füßen plätscherte die Spree. Als Sophie die Augen schloss, hörte sie das Kreischen der Möwen und fühlte sich wie auf Kreta. Sie schmiegte sich eng an Nikos.

Doch ihre Zweisamkeit dauerte keine Minute, als Sophie plötzlich von irgendwo ihren Namen hörte. Unwillig schaute sie hoch. Winkend kam Luise die Stufen zum Steg herabgelaufen, gefolgt von Lars, der eine schwere Badetasche schleppte.

»Das ist ja ein Zufall!«, freute sich Luise.

Sophie bekam einen roten Kopf, dann stellte sie Nikos ihrer besten Freundin und Lars vor.

Lars klopfte ihm zur Begrüßung auf die Schulter. »Schon von dir gehört, Kumpel. Wie geht's?«

»Great!«, sagte er und strahlte Sophie an.

Lars zog sich seine kurze Hose und das T-Shirt aus. »Lust auf einen kleinen Tauchgang?«

Fragend schaute Nikos Sophie an. Ihre Hängemattenzweisamkeit war so abrupt unterbrochen worden. Aber Sophie nickte ihm lächelnd zu, denn sie wollte einen Moment mit Luise allein sein. Mit einem gehauchten Handkuss verschwand Nikos schließlich mit Lars zum Pool.

»Du kannst dir nicht vorstellen, was in der Schule los war, nachdem ihr beide weg wart«, sprudelte es aus Luise heraus.

Das konnte Sophie sich ziemlich genau vorstellen. Deshalb war sie ja so schnell verschwunden.

»Charlotte war ganz blass vor Neid, weil sie mal nicht im Mittelpunkt stand. Die anderen haben mich so was von gelöchert, wer dieser gut aussehende Typ ist, den du dir da geangelt hast.«

»Und, was hast du gesagt?«, fragte Sophie.

Luise zuckte mit den Schultern. »Nichts. Mir erzählt ja keiner was.«

Sophie ließ sich in die Hängematte sinken. Sie konnte nach dem Wochenende unmöglich in die Schule gehen. Im Gegensatz zu Charlotte mochte sie es nämlich gar nicht, im Mittelpunkt zu stehen. Aber mit einem Freund wie Nikos war es nahezu ausgeschlossen, unbemerkt zu bleiben.

»Nun erzähl doch mal«, sagte Luise. »Wie lange bleibt er denn?«

»Und Zadek«, fragte Sophie, »hat der noch was gesagt?«

»Nee, der hat nur gegrinst und war genauso schnell weg wie du. Holt dich Nikos jetzt jeden Mittag von der Schule ab?«

Hoffentlich nicht, dachte Sophie und schaute hinüber zum Schwimmbecken, wo Lars und Nikos gerade ein Wetttauchen veranstalteten.

»Wie ist er denn so?«

Sophie lächelte verträumt. »Einfach unglaublich.«

Dann berichtete sie ihrer Freundin endlich, was seit Nikos' plötzlichem Auftauchen alles passiert war. Vor allem wie sie abends auf dem Hochhaus gewesen und dann von der Polizei verhaftet worden waren.

Luise schaute sie fasziniert an. »Was hat deine Mutter dazu gesagt?«

»Die ist grad nicht zurechnungsfähig. Wolfgang hat sie völlig außer Gefecht gesetzt.«

»Hast du's gut!«, sagte Luise. »Bei euch passiert wenigstens was.«

Luises Eltern waren schon über zwanzig Jahre verheiratet. Zum Thema verliebte Mütter konnte sie also nicht viel Hilfreiches beitragen.

»Und was macht deine Mutter jetzt?«

»Momentan geht sie noch mit Wolfgang spazieren, dann hat sie Spätschicht bis elf.«

Luise sah das Ganze praktisch. »Also haben wir noch ewig, bis du wieder zu Hause sein musst!«

»Du meinst wohl eher 'ne Woche.« Sophie stieß kichernd mit dem nackten Zeh gegen die schwere Tasche, die Lars hergeschleppt hatte. »Bei eurem Gepäck.«

Luise nickte. »Meine Eltern sind auf Dienstreise und mein Bruder hat heimlich seine Freundin zu Besuch. Vor Einbruch der Dunkelheit soll ich mich daheim nicht blicken lassen, hat er gesagt. Da haben Lars und ich den Kühlschrank leer geräumt und sind los.«

Mittlerweile war Sophie froh, dass sie Luise auf dem Badeschiff getroffen hatte. Denn ihr ging seit Nikos' plötzlichem Besuch so vieles durch den Kopf, das sie unbedingt mit ihrer besten Freundin besprechen musste.

»Sag mal«, fragte Luise, »wo schlafen eure zwei Lover eigentlich? Im Hotel?«

Sophie schüttelte den Kopf. »Wolfgang auf der Luftmatratze im Wohnzimmer und Nikos in der Hängematte unter meinem Hochbett.«

»Wahnsinn! Das würden meine Eltern nie erlauben. Du hast echt 'ne tolle Mutter.«

»Wie man's nimmt«, meinte Sophie.

In dem Moment kamen die beiden Jungen vom Schwimmen zurück.

»Wo hast du denn das Tauchwunder aufgetrieben?«, japste Lars und ließ sich erschöpft auf die Holzplanken fallen. Mit einer Hand angelte er zwei Colaflaschen aus der Tasche und gab Nikos eine. »Das ist kein Mann, das ist ein Fisch, sag ich euch. Der hat Kiemen und kann unter Wasser atmen!«

Nikos schüttelte das Wasser aus seinen schwarzen Locken. Er konnte schließlich nichts dafür, dass er auf einer Insel wohnte und jeden Tag schwimmen ging. Dann legte er sich neben Lars auf die Holzbohlen und ließ sich von der Sonne trocknen.

»Los!«, sagte Sophie und schob Luise aus der Hängematte. »Jetzt gehen wir!«

Als Sophie sich in das Schwimmbecken gleiten ließ, konnte sie nicht verstehen, wie Nikos und Lars es so lange darin ausgehalten hatten. Das Wasser war eiskalt. Bibbernd hockten sich die Mädchen auf die Reling des Schiffes und ließen sich von der warmen Septembersonne trocknen. Sophie hatte noch so viel zu erzählen.

Nikos und Lars lagen noch immer auf den Bohlen und

dösten vor sich hin. Nikos war ohnehin nicht besonders gesprächig, seit er in Berlin war. Ganz anders als beim Chatten. Vielleicht machte sie ja irgendwas falsch?

»Weißt du immer, was Lars gerade denkt?«, brachte sie schließlich heraus.

»Du meinst jetzt, in diesem Augenblick?«, fragte Luise.

»Hm.«

Luise schaute auf die beiden Jungen, die entspannt in der Sonne lagen. »Nichts«, sagte sie.

»Was nichts?«

»Sie denken nichts. Alle beide.«

»Woher weißt du das?«

»Das ist ein Naturgesetz. Männer denken nicht. Männer machen höchstens. Und siehst du sie was machen?«

Sophie schüttelte den Kopf.

»Na also.«

»Ich meine nur …«, stotterte sie.

»Du willst wissen, ob er dich liebt?«

Sophie biss sich auf die Lippen.

»Ach, Phi«, sagte Luise und legte den Arm um ihre Freundin. »Wäre Nikos sonst von so weit hergekommen?«

Sophie zuckte mit den Schultern.

»Und hätte er dich von der Schule abgeholt?«

»…«

»Oder mit dir wochenlang gechattet?«

»…«

Sophie konnte einfach nicht glauben, dass Nikos wirklich

sie meinte. Sie war doch nichts Besonderes. Sie fand sich weder hübsch noch klug, nur lang, dünn und gewöhnlich. Die meisten Menschen nahmen sie noch nicht einmal richtig wahr. Das Einzige, was man über sie sagen konnte, war, dass sie ständig in Katastrophen geriet. Als würde sie das Chaos anziehen.

Sie hatte den Gedanken kaum zu Ende gedacht, als ihr plötzlich etwas gegen die Stirn klatschte und zerplatzte. Sie schrie auf und flog vor Schreck rückwärts vom Beckenrand in die Spree. Hustend paddelte sie an die Wasseroberfläche. Was war das? Hilfe suchend sah Sophie sich um, aber sie brauchte gar nicht erst zu versuchen, den steilen Tank des Badebassins zu erklimmen. Die Stahlwand war viel zu hoch und zu glatt.

»Was machst du denn da unten?«, brüllte Luise kichernd. »Komm wieder rauf!«

Sophie nickte tapfer. Jemand hatte versucht, sie vom Poolrand zu schießen. Hoffentlich hatte Nikos nichts mitbekommen. Wer konnte so eine Freundin wollen, die einem schon in einem Schwimmbad verloren ging? Langsam schwamm sie um das Schiff herum, irgendwo musste es etwas zum Hinaufklettern geben. Sie war doch mit Sicherheit nicht die Einzige, die hier mal über Bord ging.

Als sie endlich eine Leiter gefunden hatte, erwartete sie eine Überraschung.

»Hi, Sophie«, sagte Charlotte und zerdrückte lächelnd eine weitere Wasserbombe in ihrer Hand.

Was machte Charlotte denn hier? Sie trug den knappsten Bikini, den man sich überhaupt vorstellen konnte. Einen, der kaum ihre Oberweite bändigen konnte. Dazu wallten ihre dicken, langen Haare wie eine Löwenmähne um ihre Schultern, als wäre sie gerade einem Hochglanzmagazin entstiegen.

»Ist dein Freund auch hier?«, fragte Charlotte und schaute sich um.

Wie ein Pfeil schoss Sophie die wackelige Leiter hoch. Was wollte sie von Nikos?

Der kam in dem Moment angelaufen, aber er hatte nur Augen für Sophie. Erschrocken zog er sie die letzten Stufen der Leiter empor. »Are you okay?«, fragte er besorgt.

Sie nickte stumm.

»Willst du mich deinem Freund nicht vorstellen?«

Nein, wollte Sophie nicht.

»Hallo«, wandte Charlotte sich an Nikos. »Schön, dich kennenzulernen.«

»Hallo«, erwiderte er und blieb mit seinen Blicken an Charlottes Bikini kleben.

Sophie spürte Wut in sich aufsteigen.

»Ich gehe in Sophies Klasse«, hörte sie Charlotte sagen.

Nikos lächelte sie an.

Glücklicherweise tauchte Luise auf. »Sophie, bist du in Ordnung? Komm, Nikos, wir bringen sie zu unseren Sachen.«

Da war der Bann zwischen Charlotte und Nikos gebrochen.

»Du musst gut auf sie aufpassen!«, rief Charlotte ihnen noch nach. »Sophie passieren laufend solche Sachen!«

Hinterhältige Ziege!, dachte Sophie. Jetzt machte Charlotte sich auch noch über sie lustig. Blöder hätte es nicht kommen können. So hatte Sophie sich ihren Badeschifftag nicht vorgestellt. Was hatte Charlotte vor? Bestimmt nichts Gutes. Sophie wickelte sich bibbernd in ihr Handtuch und setzte sich in die Hängematte. Vom Baden hatte sie für heute genug.

Die Jungs verschwanden wieder auf einen Tauchgang, nachdem Nikos sich überzeugt hatte, dass mit Sophie alles in Ordnung war.

Doch von Ordnung konnte keine Rede sein. Sophie war in heller Aufregung. Charlotte war zwar wieder verschwunden, aber irgendwo in diesem Badegewühl steckte sie. Und beobachtete Nikos und sie. Jede Wette.

»Was soll sie schon groß machen?«, sagte Luise, die Sophies nervösen Blicken folgte.

»Keine Ahnung. Aber bei Charlotte muss man auf alles gefasst sein.«

»Süße, du siehst Gespenster.«

»Hast du nicht gesehen, wie Nikos sie angestarrt hat?«

»Du bist doch nicht etwa eifersüchtig? Charlotte würde ihrem Sebastian nie untreu werden.«

»Wenn du das sagst«, meinte Sophie. Es beruhigte sie aber nicht wirklich.

»Entspann dich, Mädel!«

Sophie versuchte es. Doch als Charlotte zum Bassin

schlenderte, war es mit ihrer Entspannung vorbei. Die Jungs hockten mittlerweile beide auf dem Rand des Beckens. Mit einem eleganten Sprung verschwand Charlotte vor ihren Augen im kalten Wasser und tauchte bis ans andere Ende. Dort kletterte sie wieder hinaus und legte sich gut sichtbar in einen der Liegestühle neben der Strandbar.

»Siehst du!«, zischte Sophie. »Und nun?«

Luise stöhnte. »Willst du ihr das Schwimmen verbieten?«

»Sie hat irgendwas Gemeines vor«, jammerte Sophie.

»Ach was«, sagte Luise und zeigte zu den Jungs, die wieder mit Wetttauchen begonnen hatten. »Nikos interessiert sich doch gar nicht für Charlotte.«

Na hoffentlich, dachte Sophie.

# 17

Als es Abend wurde, packten die meisten Badegäste ihre Sachen. An der Strandbar baute *Radio Eins* seine stadtbekannte Open-Air-Party auf. Die bunten Lichter der Strandbar spiegelten sich in der dunklen Spree. Sophie hatte Charlotte seit Stunden nicht mehr gesehen. Vielleicht war sie inzwischen nach Hause gegangen.

»Schade, dass wir nicht bleiben können«, meinte Luise.

Ab zehn durfte sich hier niemand mehr unter sechzehn blicken lassen.

»Was wir machen now?«, fragte Nikos, der noch keine Lust hatte heimzufahren.

»Jetzt machen wir Sophies Englischhausaufgabe«, schlug Luise vor.

»Nee, machen wir nicht«, entgegnete Sophie finster. Wie kam sie nur auf so eine blöde Idee?

»Dann lasst uns doch zum Alex fahren«, schlug Lars vor. »Heute ist Lange-Nacht-der-Museen mit einer riesigen Lightshow.«

»Klingt klasse!« Luise schaute Sophie auffordernd an. »Ein bisschen moderne Aktionskunst wird dein Vortrag gut vertragen.«

Sophie hatte eigentlich keine Lust auf Kultur mitten in

der Nacht. Doch Luise lief mit Nikos schon Richtung S-Bahn. Sie wollte kein Spielverderber sein und folgte den beiden.

Lars ging neben ihr. »Wird bestimmt schön«, sagte er.

Als sie am Alexanderplatz aus der Bahn stiegen, waren sie nicht als Einzige zu so später Stunde unterwegs. Die Straße war voller Leute, die alle Richtung Domplatz liefen. Sophie lauschte den Glocken der Marienkirche, die gerade zu schlagen begonnen hatten. Elf Mal zählte sie.

»Wir sollten längst zu Hause sein«, flüsterte sie Nikos zu.

Der legte lächelnd einen Arm um sie. »Niemand gehen in Griechenland nach Hause, wenn so schön!« Und er zeigte auf das bunte Farbenspiel am Himmel. Riesige Scheinwerfer zauberten einen goldenen Schein über den alten Berliner Dom.

»Kommt, gehen wir mal rein!«, rief Luise.

Mit Kirchen hatte Sophie sonst nicht viel im Sinn. Aber was macht man nicht alles für eine gute Englischnote?

Nikos bekreuzigte sich, als sie den Dom betraten. Dass sich irgendein Typ vor zweitausend Jahren an ein Kreuz nageln ließ, um alle Sünden wiedergutzumachen, das hatte Sophie weder gewollt, noch glaubte sie, dass es jemals funktioniert hatte. Aber davon wollte Mrs Miller bestimmt nichts hören, sondern was für ein imposantes Bauwerk das Kirchengebäude war. Dabei gab es nur einen Ort im ganzen Dom, der wirklich interessant war. Sophie musste an ihr erstes Date mit Nikos denken – er hatte sie auf einen nächtlichen Friedhof geführt.

»Särge anschauen?« Luise schüttelte sich. »Ist das eklig.«

Doch die Jungs fanden das ganz und gar nicht. »Richtige Särge?«, fragte Nikos begeistert.

Sophie nickte. Sie hatte die Gruft bei einem Orgelkonzert entdeckt, als ihre Mutter mal wieder fand, sie müsste etwas für die Bildung ihrer Tochter tun. Eigentlich hatte Sophie die ganze Zeit nur das Klo gesucht und war schließlich im Keller gelandet.

Heute Nacht war die Gruft allerdings für Besucher gesperrt. Als Sophie die dämmrige Treppe hinablinste, war ihr seltsam aufgeregt zumute. Irgendwie zogen sie solche schaurigen Orte magisch an. Wenn sie ehrlich war, war das Magische dabei vor allem, dass Nikos jedes Mal ihre Hand hielt, wenn es dunkel wurde.

Lars deckte ihren Abstieg.

»Schnell!«, flüsterte er, als sie einen Moment unbeobachtet waren.

Luise zog es vor, oben im Dom zu bleiben, während die anderen die dämmrige Treppe hinabhuschten. In der Gruft war es still. Ein paar blaue Notleuchten wiesen ihnen den Weg. Nikos drückte Sophies Hand. Wollte er ihr Mut machen oder hatte er Angst? Auf jeden Fall gefiel es ihr, mit ihm durch die dämmrige Gruft zu laufen, vorbei an den uralten Särgen aus Stein.

Lars lief ein Stück vor ihnen. »Wahnsinn!«, flüsterte er. »Hoffentlich treffen wir nicht das Hohenzollerngespenst.«

Gespenster waren Sophie gerade reichlich egal. Nikos

hatte sie ganz dicht an sich herangezogen und strich ihr sanft eine Haarsträhne aus dem Gesicht. Dann küsste er sie vorsichtig auf die Schläfe. Außer seinem Begrüßungskuss war das erst der zweite echte Kuss. Sophie hielt den Atem an, als er ihren Kopf in seine Hände nahm. Und dann küsste er sie richtig, sodass die Schmetterlinge in ihrem Bauch einen wilden Tanz aufführten. Ihre Knie wurden weich und ihr ganzer Körper kribbelte. Gab es etwas Schöneres auf der Welt?

»Schaut mal!«, rief Lars plötzlich.

Unwillig löste Sophie sich von Nikos und schaute zu Lars. Der hatte seinen Kopf durch die Stäbe eines Eisenzauns gesteckt, hinter dem ein schwerer Sarkophag stand.

»Wahnsinn!«, rief er leise. »Hier liegt ein preußischer König begraben!«

»Und deshalb machst du so ein Geschrei?«, zischte Sophie.

Lars zeigte auf den steinernen Deckel, der ein Stück beiseitegeschoben war.

»Bist du verrückt?«, protestierte sie.

Aber da hatte er sich schon am Zaun hochgezogen und hechtete über die scharfen Spitzen. Sophie hielt den Atem an. Was sie hier taten, war noch viel verbotener als ihr Hochhausausflug.

»Komm zurück!«, rief sie. Bestimmt kam gleich einer der Aufseher angerannt.

Doch Lars war völlig von seinem Forscherdrang überwältigt. Und dann passierte es. Als er sich an dem Sarg hochzog, um hineinzuschauen, verlor er das Gleichgewicht und rutschte in den offenen Spalt. Ein dumpfer Aufschlag war zu hören und dann nichts mehr.

»Lars!«, rief sie verzweifelt.

Nikos bekreuzigte sich, doch das half jetzt auch nicht weiter. Lars antwortete nicht. Entweder lag er bewusstlos oder tot im Sarg. Das gab auf jeden Fall den Ärger des Jahrhunderts, denn sie mussten jemanden holen. Sophie wurde ganz übel. Plötzlich drang aus dem Sarkophag ein dumpfes Husten. Schließlich tauchten ein paar blonde Haare und dann ein verstaubtes Gesicht auf.

»Komm sofort da raus!«, befahl Sophie.

»Alles Betrug!«, schimpfte Lars. »Von wegen Hohenzollerngräber. Das Ding ist total leer!« Enttäuscht kroch er aus dem Sarg und klopfte sich den Staub von den Sachen.

Als die drei zurück zur Treppe liefen, hatte Sophie sich wieder etwas beruhigt. Das konnte sie wohl kaum in ihrem Vortrag erzählen, dass der heilige Fridericus nicht in seinem Totenhäuschen lag, obwohl Millionen Reiseführer das behaupteten.

»Wo wart ihr denn solange?«, beschwerte sich Luise, als sie endlich wieder auftauchten.

»Hausaufgaben machen«, sagte Sophie und verließ kopfschüttelnd den Dom.

Für heute hatte sie echt genug. Auch Nikos wollte jetzt heim. Auf dem Domplatz verabschiedeten sie sich von Lars und Luise.

»Halt mich auf dem Laufenden«, flüsterte Luise ihr noch ins Ohr.

Sophie nickte müde. Sie hoffte bloß, dass Wolfgang und ihre Mutter noch unterwegs waren, damit sie unbemerkt in die Wohnung kamen. Mittlerweile war es weit nach Mitternacht.

Bevor Sophie den Wohnungsschlüssel ins Schloss steckte, lauschte sie erst einen Moment. Drinnen war alles still. Sie wollte Nikos gerade das Daumen-hoch-Zeichen geben, als die Wohnungstür aufgerissen wurde.

»Sophie!«, donnerte ihre Mutter. »Wo wart ihr denn? Ich habe dich fünfzig Mal angerufen!«

Sophie starrte auf ihr Handy. Der Akku war leer.

»Wir haben geschwimmt«, erklärte Nikos lächelnd. »Mit Badeschiff.«

Ulrike Fischer schaute von einem zum anderen. »So lange?«

Sophie lächelte ihr charmantestes Lächeln, das sie um diese Zeit zustande brachte, und verschwand mit Nikos in ihrem Zimmer. Das war gerade noch mal gut gegangen. Aber irgendetwas schien passiert zu sein. Im Vorbeihuschen hatte sie Wolfgang zerknirscht auf dem Sofa sitzen sehen. War es aus mit Wolfgang und Ulrike, bevor es überhaupt richtig angefangen hatte? Aber Sophie war zu müde, um weiter darüber nachzudenken. Selbst Nikos schien von dem langen Tag geschafft zu sein. Sie schliefen beide auf der Stelle ein. Sophie oben und Nikos eine Etage tiefer.

# 18

Das Dilemma offenbarte sich am anderen Morgen. Sophies Mutter werkelte bereits in der Küche herum, als Sophie sich ein Glas Wasser holte. Mit ihrem Kellnerinnenlächeln, das sie immer bei besonders nervigen Kunden aufsetzte, sortierte Ulrike dreckiges Geschirr in die Spülmaschine.

Mist, dachte Sophie. Wolfgang hatte doch versprochen aufzuräumen.

»Ich helfe dir schnell«, sagte sie.

Der Mülleimer quoll auch schon über. Rasch nahm sie sich einen Plastikbeutel, stopfte die umherstehenden leeren Dosen hinein und rannte auf den Hof zum Müllcontainer. Oje, oje, dachte sie nur, als sie weiter zum Bäcker lief. So hatte ihre Mutter auch gelächelt, als der Freitags-17.15 Uhr-ICE-Typ wieder in seinen Zug nach Köln steigen musste. Was hatte Wolfgang bloß angestellt?

Als Sophie mit den Brötchen zurückkam, war der inzwischen auch aufgestanden und im Bad verschwunden. Rasch schob sie die Klappcouch zusammen und räumte die Matratze weg. Dann deckte sie den Tisch im Wohnzimmer. Als sie alles schön hergerichtet hatte, kam Nikos aus seiner Hängematte geklettert. Hungrig biss er in eins der frischen Brötchen. Sophie kaute still an ihrem Schokobrötchen, als

Wolfgang aus dem Bad kam. Was ist denn los?, morsten seine Blicke. Aber das wusste sie auch nicht. Auf Kreta war ihre Mutter noch so verliebt in ihn gewesen.

»Was machen wir heute?«, fragte ihre Mutter schließlich mit steifer Stimme in die unheimliche Stille hinein. »Ich habe doch frei.«

»Woran dachtest du denn?«, fragte Sophie vorsichtig.

Doch Ulrike Fischer dachte gerade gar nichts. Sie war unglücklich. Aber Sophie wusste nicht, warum.

»Was haltet ihr davon«, schlug Wolfgang vor, »wenn wir einen Spaziergang in die Stadt machen?«

Spaziergang mit Erwachsenen! Aber besser, sie ließ ihre Mutter in diesem Zustand mit Wolfgang nicht allein. Sophie mochte ihn inzwischen nämlich und sie wollte nicht, dass er wie all die anderen wieder verschwinden musste. Nur, weil ihre Mutter kalte Füße bekam.

Als sie alle angezogen im Flur standen, klingelte plötzlich das Telefon.

»Ist was passiert?«, tönte Oma Inges Stimme leicht panisch aus dem Hörer. Denn jeden Sonntag um elf musste Ulrike Fischer ihre Mutter anrufen. Kein Mensch wusste, warum. Aber Oma bestand auf ihren Anruf.

»Alles in Ordnung, Oma«, beruhigte Sophie sie.

»Ich höre doch aber Stimmen bei euch! Habt ihr Männerbesuch?«

»Männer? Wie kommst du denn darauf?«

Ihre Mutter machte plötzlich wilde Zeichen in der Luft.

»Ist nur das Radio«, log Sophie.

»Gib mir doch mal deine Mutter!«

Doch als Sophie ihrer Mutter das Telefon reichen wollte, schüttelte die heftig den Kopf.

»Mama ist krank«, sagte sie rasch. »Sie schläft.«

»Ach Gott!«, rief Oma Inge bestürzt. »Kommst du denn zurecht, Kind?«

»Ja, Oma, alles bestens. Auf Wiedersehen!« Und sie legte verwundert auf. Hatte sie das eben wirklich miterlebt? Ihrer Mutter war es peinlich, dass sie Männer zu Besuch hatten?

»Lasst uns losgehen«, sagte Ulrike schnell, ehe Sophie noch etwas fragen konnte.

Sophie gab sich ja Mühe, aber wenn sie etwas nicht ausstehen konnte, dann Spazierengehen am Sonntag. Weil man dabei immer Leute traf, denen man besser aus dem Weg ging. Und so kam es, wie es kommen musste: Als sie im Stadtpark alle am Ententeich vorbeiliefen, sah Sophie ihren ganz persönlichen Ärger anrücken und wäre am liebsten bis auf den Grund des Tümpels verschwunden.

»Hallo Sophie«, sagte Charlotte lächelnd, die zwischen ihren Eltern lief. »Schön, dich zu treffen.«

Schön ist was anderes, dachte Sophie und wollte so schnell wie möglich weiter.

»Guten Tag, Frau Beiersdörfer«, hörte sie da aber ihre Mutter sagen, die immer viel Wert auf Höflichkeit legte. Einmal im Gespräch musste sie nun auch ihren Wolfgang vorstellen.

»Das ist Herr Kubasch«, sagte sie steif.

Sophie verdrehte die Augen. Herr Kubasch! Aber sie konnte nicht weiter auf ihre Mutter achten, denn Charlotte hatte ihren Blick in Nikos gebohrt. Und der lächelte mehr als nur höflich zurück. Sophie zog ihn an der Hand. Hallo, ich bin auch noch da! Doch Nikos schien sie komplett vergessen zu haben. Wie eine Idiotin stand Sophie neben ihm.

Ehe dieses Zusammentreffen noch größere Schäden anrichtete, rettete Wolfgang schließlich die Situation. Er wünschte den Beiersdörfern noch einen schönen Sonntag, nahm Ulrike in den Arm und ging einfach weiter, ohne dass Frau Beiersdörfer näher über sein Verhältnis zu Sophies Mutter aufgeklärt worden war. So musste auch Nikos weiter. Er winkte Charlotte noch einmal zu. Was für ein schöner Spaziergang!

»Das Mädchen von die Badeschiff«, sagte Nikos erfreut.

»Hm.«

»Wie heißt sie Name?«

»Charlotte«, brummte Sophie.

»Deine Freundin?«

Was sollte sie dazu sagen? Nee, meine beste Feindin? Sie wollte sich ja nicht lächerlich machen. Deshalb nickte sie nur und versuchte, sich wieder zu beruhigen. Zum Glück würden sich die beiden sowieso nicht wiedersehen.

Mittlerweile schien auch Sophies Mutter genug vom Spazierengehen zu haben und sie gingen zur nächsten S-Bahn-Station. Dass sie Wolfgang als Herrn Kubasch und nicht als ihren Freund vorgestellt hatte, rief eine mittlere Eiszeit zwischen den beiden hervor.

Um die Stimmung ein wenig aufzuhellen, schlug Sophie vor: »Lasst uns doch einen gemütlichen Sonntag zu Hause machen.«

Nun sind aber die Vorstellungen von gemütlich sehr verschieden; und Ulrike Fischer war weit davon entfernt, Sophies Vorstellung von Gemütlichkeit zu teilen. Nämlich mit seinem Liebsten einfach nur herumzulungern und NICHTS zu tun. Denn genau davor schien ihre Mutter Angst zu haben. Deshalb orderte sie einen Stapel Pizzen und überredete alle, *Activity* zu spielen.

Wolfgang wusste nicht, was er von dem Ganzen halten sollte. Er redete Ulrike jetzt mit Frau Fischer an, worauf Sophie ihm unterm Wohnzimmertisch gehörig auf den Fuß trat. Was er aber ignorierte und in der ersten Runde nur Männer gegen Frauen spielen wollte.

Die Fronten schienen total verhärtet. Es wurde auch nicht besser, als Sophie mit ihrer Mutter eine Runde nach der anderen gewann. Das lag allerdings einzig daran, dass sich die beiden so gut kannten. Wie sonst hätte Sophie Liebeskummer, Torschusspanik oder Kreuzworträtsel erraten sollen?

Den einzigen Punkt, den Wolfgang ergatterte, bescherte ihm seine Strichzeichnung vom Sandmännchen. Aber er wollte ja von seiner Männergruppe nicht weg, die noch unter der Schwierigkeit litt, dass sie auf Deutsch spielten und Nikos nicht alles verstand.

Nach zehn Runden war Sophie völlig erschöpft und froh, als ihre Mutter endlich das Spiel wegräumte. Nikos warf ihr einen dankbaren Blick zu. Mit Wolfgang in der Loser-Gruppe zu sein, machte nicht unbedingt Spaß.

»Alles okay?«, fragte Sophie, als sie sich mit Nikos in ihr Zimmer verzogen hatte und in der Hängematte Musik hörte. Nebenan hörte sie Wolfgang leise mit ihrer Mutter reden.

»Geht schon«, sagte Nikos.

»Das nächste Mal gewinnt bestimmt ihr.«

Was kommt bloß morgen?, dachte Sophie später beim Einschlafen.

# 19

Morgen kam Montag. Was sonst? Und zwar der schrecklichste Montag ihres Lebens. Und das war allein die Schuld von Ulrike Fischer! Als Sophie müde ins Bad tappte, stolperte sie mitten im Flur über Wolfgangs Luftmatratze.

Erschrocken rappelte der sich von seinem Notlager hoch. »Deine Mutter konnte nicht einschlafen«, flüsterte er geknickt, »weil ich so schnarche.«

Das ist das Ende!, dachte Sophie. Von wegen Schnarchen. Sie konnte sich denken, warum er im Flur schlafen musste. Aber es kam noch schlimmer.

»Hast du gut geschlafen?« Gähnend betrat ihre Mutter das Badezimmer und setzte sich neben sie auf den Badewannenrand.

Ihr Katastrophensinn sagte Sophie gleich, dass ihre Mutter nicht über ihre friedliche Nachtruhe sprechen wollte. Ulrike Fischer hatte tiefe Ringe unter den Augen und wirkte hypernervös. Sicher rückte sie gleich mit der Nachricht heraus, dass Wolfgang leider heimfahren musste – und Nikos mit ihm.

»Ich habe mir etwas überlegt«, sagte ihre Mutter schließlich.

»Was denn?«, fragte Sophie bange.

»Du möchtest doch sicher mehr Zeit mit Nikos verbringen?«

»Ja?«, erwiderte sie misstrauisch.

»Er hat mir erzählt, wie toll er deine Schule fand. Und dass er gern noch mehr Deutsch lernen würde.«

Sophie spürte, wie der Boden langsam unter ihr zu wanken begann.

»Und es wäre vielleicht gut, wenn ich mit Wolfgang auch mehr Zeit hätte. Allein.«

»Hm.«

»Deshalb habe ich gestern Abend mit deinem Klassenlehrer telefoniert. Er hat nichts dagegen, wenn Nikos diese Woche mit in deine Klasse geht.«

Sophie fiel die Zahnbürste aus der Hand.

»Das ist doch eine wunderbare Idee, findest du nicht?«

Wunderbare Idee? In Sophies Kopf war gerade der Totalstreik ausgerufen worden. Wunderbare Idee! Wunderbare Idee!, leierte das Sprachzentrum in Endlosschleife, bis endlich die Panik zu Wort kam.

»Nein!«, brüllte Sophie.

»Nein?« Ihre Mutter schaute sie enttäuscht an. »Ich dachte …«

Das war Sophies Ende. Wie konnte ihre Mutter ihr nur so etwas antun? Und vor allem, ohne sie vorher zu fragen! Sophie fegte den vollen Zahnputzbecher vom Waschbecken. Im selben Moment erschien Nikos erschrocken im Bad. Auch Wolfgang war von seiner Matratze geschossen. Alle starrten Sophie an.

»Nikos geht mit mir in die Schule!«, heulte sie los.

Verstört nahm Nikos sie in den Arm. »Ist doch schön, da sind wir ganze Tag zusammen.«

Auch Wolfgang wirkte erleichtert. »Ich dachte schon, es wäre was passiert.«

Sophie funkelte ihre Mutter wütend an, doch das Unglück ließ sich nicht mehr aufhalten. Nikos war schon verschwunden, um sich anzuziehen. Sophie wäre am liebsten gestorben. Gleich und sofort.

Als sie wenig später mit Nikos die Schultreppe hinauflief, trafen sie Luise, die davon hellauf begeistert war, dass sie jetzt einen griechischen Gastschüler hatten. Luise schaffte es, die Neuigkeit von Nikos' Besuch zu verbreiten, ehe Sophie überhaupt die Klasse betreten hatte. Das verzieh sie ihrer Mutter in tausend Jahren nicht! Es geschah nämlich genau das, was Sophie befürchtet hatte: Kaum waren sie zur Tür des Klassenzimmers herein, erblickte Charlotte Nikos, und Nikos erblickte Charlotte, und beide lächelten sich an.

Sophie schaffte es gerade noch auf ihren Platz, wo sie sich das Elend dann von Weitem ansehen konnte. Niemand nahm Notiz von ihr, alle hatten Nikos umringt und wollten wissen, wie lange er bleibe. Stumm kämpfte Sophie mit den Tränen.

Zum Glück kam bald Mrs Miller und der Unterricht begann. Sophie konnte sich jedoch keine Sekunde konzentrieren. Sie dachte nur immer und immer wieder: Charlotte nimmt ihn mir weg. Denn dass die eindeutig Interesse an Nikos hatte, war kaum zu übersehen, selbst für eine Beziehungsanalphabetin wie Sophie.

Nach einer Weile stieß Luise sie an. »Führst du schon Selbstgespräche?«

Sophie schüttelte beschämt den Kopf.

»Wer nimmt dir was weg?«

»Niemand«, brummte sie.

»Hast du eine Frage, Sophie?«, schaltete sich Mrs Miller ein. »Kommst du mit deinem Vortrag voran?«

»Wir haben schon zusammen den Dom besichtigt«, sagte Luise, obwohl niemand sie um ihren Beitrag gebeten hatte.

»Dann komm doch nach der Stunde mal zu mir, Sophie. Ich habe einen sehr schönen Kunstband über die Kirchen Berlins.«

Sophie warf Luise einen finsteren Blick zu. Na, schönen Dank! Warum lief nur alles auf einmal so schief? Was hatte sie verbrochen? Sie drehte sich zu Nikos um. Er strahlte sie mit seinen dunklen Augen an. Der Knabe war einfach zu süß! Vielleicht sollte sie sich beruhigen. Schließlich war er wegen ihr den weiten Weg gekommen. Ganz allein wegen ihr!

In der Pause hatte Sophie leider nicht das Vergnügen, ungestört mit Nikos zu sein, denn die Jungs aus ihrer Klasse belagerten ihn. Also verzog sie sich mit Luise in eine Ecke des Pausenhofs.

»Hast du ein Glück«, schwärmte Luise.

Sophie war im Moment zwar ganz anderer Meinung, aber das behielt sie lieber für sich. Sie hatte schon genug Probleme. Eines davon trug kastanienbraune Haare und stakste gerade in nagelneuen Wildlederstiefeln auf sie zu.

»Hi, Mädels«, sagte Charlotte lässig. »Kommt ihr heute Nachmittag mit? Wir wollen Nikos die Stadt zeigen.«

»Das habe ich schon«, erwiderte Sophie.

Charlotte schaute sie von oben bis unten an. »Den Dom, ich weiß, und den Stadtpark.«

Sophie ärgerte sich. Eigentlich sollte sie mitgehen. Sie konnte Nikos mit Charlotte unmöglich allein lassen. Aber sie musste auch an dem Vortrag schreiben. Wenigstens die Blamage wollte sie sich ersparen – dass sie eine schlechte Note dafür bekam.

»Viel Spaß bei der Besichtigung«, sagte sie deshalb finster.

»Den werden wir haben, Süße.«

»Ich kann leider auch nicht. Wir haben Orchesterprobe«, sagte Luise.

Doch Charlotte war schon wieder in ihren neuen Stiefeln davongestakst.

»Danke, dass du gefragt hast!«, rief Luise ihr hinterher.

»Was soll man denn gegen die machen?«, sagte Sophie fassungslos. »Ich kann Nikos ja nicht festbinden.«

»Keine Ahnung«, erwiderte Luise. »Ich beeile mich nach der Probe, dann helfe ich dir bei deinem Vortrag.«

Doch der Vortrag war an diesem Tag Sophies geringstes Problem.

# 20

Nach dem Unterricht versammelte sich die Klasse bei den Fahrradständern. Klar, dass Nikos Sophies Schule gefiel, er war ja auch nur zu Besuch und wurde wie ein Star hofiert. Für Sophies Mitschüler war es bereits beschlossene Sache, dass sie ihm am Nachmittag die Stadt zeigten. Charlotte warf ihr einen triumphierenden Blick zu. Sophie würde auf ewig als eifersüchtige Spießerin dastehen, wenn sie etwas dagegen hatte. Sie gab Nikos noch einen Kuss, dann ging er mit den anderen los.

»Bis nachher!«, rief Luise und rannte zur Probe in den Schulkeller.

Sophie machte sich auf den Heimweg. Als sie die Wohnung betrat, war alles sauber und aufgeräumt. Wolfgangs Rucksack war verschwunden, ebenso wie die Luftmatratze. Demnach musste er sich mindestens hundert Kilometer entfernt befinden. Wahrscheinlich war er schon auf dem Weg nach Kreta – nach der letzten Nacht kein Wunder. Schade eigentlich, Sophie hatte ihn gemocht.

Als sie ihre Schuhe auszog, hörte sie plötzlich ein leises Geplätscher. Unter der Badezimmertür drang ein flackernder Schein hindurch. Sophie konnte es nicht fassen. Musste Nikos deshalb mit in die Schule, damit ihre Mutter hier

Romantikbaden veranstalten konnte? Sie stellte sich an die Badezimmertür und lauschte. Das war doch unglaublich! Ulrike Fischer badete nicht allein! Wolfgang war noch da. Und die beiden plätscherten gemütlich bei Kerzenschein in der Wanne, während sie Höllenqualen wegen Charlotte ausstand!

Sophie stampfte laut in ihr Zimmer, knallte die Tür zu und warf sich in die Hängematte. Alle hatten Spaß, selbst ihre Mutter. Sie schaukelte so wild, dass fast die Haken der Hängematte aus dem Hochbettbalken rissen.

Nach einer Weile drehte sie den Kopf ein Stück zur Seite und nahm Nikos' Geruch im Kissen wahr. Der gleiche Geruch, den sie schon am ersten Tag auf Kreta so unwiderstehlich gefunden hatte. Er beruhigte sie schließlich ein wenig. Aber Berlin war nicht Kreta und Schule nicht Urlaub.

Sie musste sich irgendwie ablenken, sonst wurde sie noch verrückt. Also setzte sie sich mit dem dicken Dom-Führer an den Schreibtisch. Wie langweilig, dachte sie bereits bei der Einleitung. Hatte ihre Lehrerin noch nie was von Wikipedia gehört? Nach zehn Minuten schaute sie auf die Uhr. Luise war noch immer bei ihrer Schulband, Wolfgang und ihre Mutter in der Wanne.

Mach dich nicht irre, redete sie sich zu. Sie musste Nikos einfach vertrauen. Genau das, was sie ihrer Mutter dauernd gesagt hatte, nachdem der Freitags-17.15 Uhr-ICE-Typ aus Köln verschwunden war. Vertrauen. Aber wenn es doch so im Herzen stach? Sie stellte Nikos' Foto genau vor ihren

Block. Das war gar keine gute Idee. Immer wenn sie Nikos anschaute, dachte sie auch an Charlotte.

Genervt drehte sie sein Bild um und schrieb an ihrem Vortrag weiter. Er musste einfach gut werden, denn nicht einmal Charlotte hatte es jemals zu einer Eins bei Mrs Miller gebracht. Aber Sophie würde es schaffen, so gut wie sie jetzt durch Nikos in Englisch war. Charlotte sollte sich grünärgern.

Sophie war derart in ihren Vortrag vertieft, dass sie die Randale an der Wohnungstür fast überhörte. Erst beim dritten Klingeln ging sie zur Tür. Nach Atem ringend stand Luise auf dem Treppenabsatz. Es war bereits kurz vor vier.

»Warum keuchst du denn so?«, fragte Sophie völlig verwundert.

»An meiner Stelle wärst du auch gerannt«, schnaubte Luise und stürmte in Sophies Zimmer, wo sie sich in den großen Sessel warf.

»Nikos«, stieß sie schließlich hervor, »ist mit Charlotte im Kino.«

»Quatsch.«

»Ehrlich«, beteuerte Luise. »Ich habe sie gesehen!«

Sophie holte tief Luft. Okay. Okay. Sie war auch schon mit Lars im Kino gewesen. Und zwar allein. »Dann sind sie eben im Kino«, sagte sie, denn gerade hatten sich die Gäule ihrer galoppierenden Eifersucht ein wenig beruhigt.

Luise schaute sie an, als ob sie jetzt völlig verrückt geworden wäre.

»Charlotte hat doch selbst einen Freund«, schob Sophie nach.

»Ja, in New York. Sophie, wach auf!«

»Wir werden ja sehen, ob du Recht hast«, erwiderte Sophie trotzig.

Gerade, als Luise zu einer Antwort ansetzen wollte, klingelte es.

Sophie rannte zur Wohnungstür und riss sie auf. Doch da stand nicht Nikos.

»Was starrst du mich so an?«, sagte Oma Inge. »Nimm mir mal den Koffer ab.«

Was wollte Oma denn hier? Es war doch noch gar nicht Weihnachten.

»Deine Mutter liegt schwer krank im Bett, Kind«, sagte sie. »Da kann ich dich auf keinen Fall allein lassen.«

In dem Moment kam Ulrike Fischer aus dem Bad, nur ein kleines Handtuch um die Hüften und eine leere Sektflasche in der Hand. Ihre Gesichtsfarbe wechselte von zartem Rosa zu einem fahlen Weiß.

»Mutter!«, stieß sie schließlich hervor.

»Keine Sorge, Ulrikchen. Alles wird gut. Jetzt bin ich ja da«, sagte Oma Inge und schob sich ächzend mit dem Rest ihrer vielen Taschen in die Wohnung.

Sophies Mutter hielt sich am Türrahmen fest, um nicht auf der Stelle umzufallen, während Sophie den schweren Koffer an der Garderobe abstellte und hektisch überlegte, was sie zur Entschärfung der Situation beitragen konnte.

»Dir geht's ja schon wieder besser, wie ich sehe«, sagte Oma Inge erleichtert. »Baden tut gut, Kind. Und ein kleiner Tropfen für den Kreislauf auch.«

In diesem Moment tauchte Wolfgang hinter Sophies Mutter auf. Er war ebenfalls nur mit einem Lendenschurz bekleidet und hielt zwei leere Sektgläser in der Hand. Um ehrlich zu sein, war Sophie schon ein wenig schadenfroh. Geschah ihrer Mutter ganz recht!

»Darf ich vorstellen?«, sagte sie und zeigte auf den halb nackten Mann an der Badezimmertür. »Mamas neuer Freund, Wolfgang.«

Dass er nicht der Weihnachtsmann war, hatte sich Oma Inge wahrscheinlich schon gedacht. »Angenehm, Ingelore Fischer«, presste sie zwischen den Zähnen hervor, als er ihr tropfend die Hand reichte.

»Ich koch dir jetzt erst mal einen Kaffee«, sagte Sophie nach der knappen Vorstellungsrunde und bugsierte Oma in die Küche.

Ihre Mutter warf ihr einen dankbaren Blick zu und verschwand mit Wolfgang wieder im Bad. Luise hatte die ganze Zeit kein Wort gesagt. Jetzt kam sie vorsichtig in die Küche.

»Ich geh dann mal besser«, sagte sie leise, als sie sah, wie sich Sophies Oma frische Luft zuwedelte. Sie wollte weg sein, bevor im Haushalt Fischer & Fischer das große Chaos ausbrach. Doch als sie an der Wohnungstür stand, klingelte es erneut.

»Machst du mal auf?«, rief Sophie Luise zu.

»Noch mehr Freunde?«, fragte Oma Inge entgeistert.

Sophie lief in den Flur und stellte sich neben Luise an die offene Tür. Das war bestimmt Nikos. Und tatsächlich. Er stand draußen im Hausflur. Doch neben ihm lehnte Charlotte am Treppengeländer und grinste.

»Er wusste nicht mehr, in welcher Straße du wohnst«, sagte sie. »Ich habe ihn nur heimgebracht, damit er sich nicht verläuft.«

»Danke, wie gütig von dir!«, fauchte Luise und zerrte die Heimbringerin mit sich die Treppe hinunter.

»Wer ist denn gekommen?«, rief Oma Inge aus der Küche.

Bis zu diesem Moment hatte Sophie nicht gewusst, dass man vor Wut auch heulen konnte. Aber sie schluckte die Tränen hinunter und starrte Nikos nur finster an. Sollte sie ihn Oma als ihren Freund vorstellen? Denn war er das überhaupt noch? Wenigstens hatten Ulrike und Wolfgang ihren Tarzan-Look inzwischen gegen besuchertauglichere Kleidung eingetauscht und Nikos übernahm seine Vorstellung bei Oma Inge selbst. Beiden Fischerfrauen hatte es total die Sprache verschlagen. Auch Oma Inge befand sich noch in der Sammelphase.

Kurz darauf saßen sie alle im Wohnzimmer um den kleinen Tisch herum. Sophie hatte sich auf die Kante der Kommode gehockt, um gegebenenfalls die Flucht antreten zu können.

»Sie sind also der neue Freund meiner Tochter?«, sagte Oma Inge und maß Wolfgang mit einem prüfenden Blick.

Der fühlte sich daraufhin genötigt, noch einmal aufzustehen. »Wolfgang Kubasch. Freut mich, Sie kennenzulernen.«

Ulrike wohnte der Begrüßungszeremonie mit hochrotem Gesicht bei. Und Sophie wurde Zeugin, wie ihre Mutter plötzlich zu einer Fünfjährigen mutierte.

»Haben Sie auch einen Beruf, Herr Wolfgang Kubasch?«, hörte sie ihre Oma tatsächlich fragen.

»Ich, äh, ja«, stotterte er, »ich bin Reiseleiter.«

Sophie hatte schon einige peinliche Situationen in ihrem Leben bestehen müssen, doch das hier toppte jegliche Fremdschäm-Skala. Oma wollte außerdem wissen, ob er trank, rauchte, welche Hobbys er hatte und wie viele Kinder von wie vielen Exfrauen. Wolfgang stand ehrlich Rede und Antwort, obwohl er sich wie bei einem Verhör vorkommen musste. Sophies Mutter saß die ganze Zeit stocksteif in ihrem Sessel.

Schließlich lächelte Oma Inge ihr zu. »Das ist ja schön, dass du einen so netten Mann getroffen hast, Ulrike.«

Sophie wollte schon aufatmen, da nahm ihre Oma Nikos ins Visier. Sophie schlug das Herz bis zum Hals. Es war Nikos' Glück, dass er nicht alles verstand und Wolfgang ihm manches erst übersetzen musste. In einer geschönten Variante, wie Sophie fand. Denn die Frage, ob er beabsichtige, Sex mit ihrer Enkelin zu haben, trieb auch Sophie die Schamröte ins Gesicht. Wolfgang machte daraus ein »Hast du schon mal Drogen genommen?«, woraufhin er energisch den Kopf schüttelte und Oma Inge zufrieden lächelte. Sophie warf ihrer Mutter einen mitfühlenden Blick zu. Egal, was noch passierte, sie beide mussten zusammenhalten, sonst gab es eine Katastrophe.

Die bahnte sich allerdings schon an, als es erneut um die Aufteilung der Schlafplätze ging. Die Wohnung stieß schon mit vier Leuten völlig an ihre Grenzen. Nun musste Oma Inge auch noch irgendwo untergebracht werden. Wolfgang kam dann auf die glorreiche Idee, mit der Hängematte auf den Balkon zu ziehen. Dann könnte Ulrike die Luftmatratze nehmen und Oma Inge das bequeme Sofa.

»Und die Kinder?«, fragte Oma Inge. »Wo schlafen die?«

»Im Kinderzimmer«, sagte Sophies Mutter und schaute Sophie hilfesuchend an.

»Ich will euch doch keine Umstände machen«, meinte Oma Inge, der plötzlich Wolfgang in der Hängematte draußen leidtat. »Ist Ihnen da nicht zu kalt?«

»Als Reiseleiter bin ich das gewöhnt«, beruhigte er sie. »Da ist man viel draußen.«

Und so kam es, dass Sophie die erste Nacht mit Nikos in ihrem Hochbett verbrachte. Eigentlich musste sie ihrer Oma dankbar sein. Sophie hatte sich sowieso schon gefragt, wie sie es anstellen sollte, Nikos zu bitten, eine Etage höher zu ziehen. Sie wollte so gern mit ihm kuscheln nach diesem schrecklichen Tag. Doch als sie das Licht ausmachte, lag jeder an einer anderen Seite der Kingsize-Matratze und dazwischen ein riesiges Fragezeichen.

Sophie lauschte in die Dunkelheit. Nikos lag ganz still da. Sollte sie einfach ein Stück zu ihm hinüberrücken? Vorsichtig schob sie einen Fuß unter ihrer Bettdecke hervor. Aber vielleicht war nach allem, was heute passiert war, Kuscheln doch keine so gute Idee. Leise zog sie ihren Fuß wieder zurück.

»Alles okay?«, fragte Nikos.

»Hm.«

»Hast du deine Vortrag geschrieben?«

»Hm.«

Sie hörte, wie er sich vorsichtig bewegte und ein Stück zu ihr rückte.

»Kann ich dich was fragen?«, sagte sie.

»Ja.«

Seine Stimme war jetzt so nah bei ihr, dass sie nur die Hand ausstrecken musste, um ihn zu berühren.

»Du warst mit Charlotte im Kino?«

Schweigen.

Hatte sie ihn ertappt?

»Woher du weißt?«, sagte er nach einer halben Ewigkeit.

»Luise hat euch gesehen«, antwortete Sophie gequält.

»Sorry«, sagte er und Sophie fühlte die ganze Welt untergehen.

»Du und Charlotte ...«

Er unterbrach sie. »Sollte Überraschung werden.«

»Überraschung?«

»Ich wollte dich in Kino einladen, morgen nach die Schule.

Wir haben nur Programm geschaut. Ich kann die Deutsch nicht gut lesen. Sie hat mir geholfen.«

Sophie lag mit brennendem Gesicht in der Dunkelheit. Vor Scham wäre sie am liebsten in der Matratze verschwunden. Sie spürte, wie Nikos ihre Hand nahm. Ganz vorsichtig, als hätte er Angst, sie würde sie wieder wegziehen.

»Gehen wir trotzdem in Kino?«, fragte er.

»Nur wir beide?«

»Nur wir beide.«

Und dann konnte sie einfach nicht mehr. Sie musste weinen. Weil sie so dumm war und so glücklich, weil sie den tollsten Jungen der Welt getroffen hatte, der genau in diesem Moment hier neben ihr lag. Und sie kuschelte sich endlich an ihn.

# 21

Am anderen Morgen stellte sich dann nur die Frage, was Oma Inge den ganzen Tagen machen sollte. Nun, da es keine Kranken zu pflegen gab. Sophie und Nikos mussten in die Schule, Ulrike zur Arbeit und Wolfgang hatte einen Termin bei einem Reisebüro. Daheimbleiben wollte Oma allerdings auch nicht.

»Okay«, sagte Sophies Mutter schließlich, »ich nehme dich mit ins Lokal.«

»Da kann ich euch helfen, Kind.« Oma Inge war hocherfreut. »Ich kann doch kellnern!«

»Mutter, du bist sechsundachtzig!«, stieß Ulrike Fischer hervor. Wahrscheinlich bereute sie ihre Idee schon.

»Ich bin noch nicht senil, falls du das denkst!«, erwiderte Oma Inge beleidigt.

Sophie sah auf ihre Uhr. Sie musste zur Schule, und zwar sofort, wenn sie nicht mit Nikos bei der Direktorin landen wollte. »Nachmittags kümmere ich mich um dich, Oma.«

»Um mich muss sich niemand kümmern«, grummelte sie.

»Ich gehe mit Nikos ins Kino. Da kannst du mitkommen«, sagte sie schnell, obwohl sie viel lieber allein mit ihm gegangen wäre.

»Und ich falle euch nicht zur Last?«

Was sollte Sophie darauf antworten? Sie schafften es jetzt nur noch pünktlich, wenn sie beide rannten. Und zwar die ganze Strecke. »Natürlich nicht!« Hastig zog Sophie Nikos aus der Wohnung und stürmte mit ihm los.

»Was für einen Film hast du denn ausgesucht?«, fragte sie ihn beim Laufen.

»*Wald des Grauens*, Teil vier!«

Sophie wagte zu bezweifeln, dass das der richtige Film für Oma Inge war. Aber wenn man unangemeldet zu Besuch kam, musste man eben nehmen, was man bekam. Bisher hatte noch niemand gewagt, Oma zu fragen, wie lange sie eigentlich zu bleiben gedachte.

In der ersten Stunde hatten sie Erdkunde. Sie rutschten gerade noch auf ihre Plätze, als Bronski die Klasse betrat. Hinter ihm folgte Zadek und stellte sich vorn hin. »Guten Morgen allerseits«, sagte er gut gelaunt, während Bronski seine Tasche auf dem Lehrertisch auspackte. »Wie ihr wisst, wollen wir demnächst eine Klassenfahrt machen.«

Jubelnder Applaus lief durch die Bankreihen.

»Es gäbe da allerdings eine kleine Planänderung.«

»Die Klassenfahrt fällt aus?«, sagte Mewe.

Zadek schüttelte den Kopf. »Nein, aber wir müssten nicht unbedingt ins Schullandheim.«

»Sondern?«, fragte Charlotte.

Zadek wies auf Bronski, der sich jetzt neben ihn gestellt hatte. »Wir hätten die Möglichkeit, ein wirklich besonderes Hotel kennenzulernen. Ein Baumhaushotel.«

»Wir sollen auf Bäumen wohnen?«, fragte Charlotte ungläubig.

»Klar, wie die Affen!«, rief Tomek, der gleich hinter ihr saß.

»Keine Sorge«, beruhigte Zadek sie. »Das sind richtige Baumhäuser mitten in den Baumwipfeln. Das dürfen wir uns nicht entgehen lassen.«

»Und außerdem«, sagte Bronski, »könnten wir so gleich unser Waldprojekt durchführen. Wir dürfen mithelfen, ein ökologisches Veränderungsprofil des Waldes zu erstellen. Also mal was Nützliches. Es gibt allerdings einen kleinen Haken bei der Sache.«

Den gibt es scheinbar immer, dachte Sophie.

»Ich brauche die Erlaubnis eurer Eltern bis morgen Früh, weil wir schon an diesem Wochenende fahren. Eine andere Klasse hat kurzfristig abgesagt, sodass deren Plätze für das Wochenende frei wurden. Das Baumhaushotel ist für die nächsten zwei Jahre komplett ausgebucht. Das ist eine einmalige Chance.«

Im Nu entstand in der Klasse eine wilde Diskussion. In einem Baumhaushotel hatte noch niemand von ihnen gewohnt, nicht einmal Charlotte.

»Das wird voll romantisch!«, rief Luise.

»Wollen wir fahren?«, fragte Zadek. »Wer ist dafür?«

Alle Hände flogen hoch. Alle, außer Sophies. Das war ihr letztes Wochenende, bevor Nikos wieder heimflog.

»Du willst nicht mit?«, fragte Luise laut.

Alle drehten sich zu ihr um. Beschämt schaute Sophie auf ihren Tisch.

»Es kostet auch nicht mehr als das Landschulheim. Die Baumhäuser gehören meinem Bruder, er macht uns einen Sonderpreis«, sagte Bronski.

»Los, heb endlich deine Hand!«, rief Mewe.

Sophie schluckte.

»Wir sollten schon als gesamte Klasse fahren«, meinte Zadek. »Warum willst du denn nicht mit?« Plötzlich schlug er sich an den Kopf und grinste. »Wann fliegt ihr wieder zurück nach Kreta?«, fragte er Nikos.

»Montagfrüh«, brummte der.

»Das heißt, im Prinzip könntest du mitkommen?«

Nikos nickte.

»Also«, fragte Zadek in die Klasse, »wer will, dass Nikos mitfährt?«

Erneut flogen alle Hände hoch, zuerst die von Charlotte. Sophie hatte es genau gesehen.

»Wir brauchen allerdings auch die Erlaubnis von deinen Eltern, Nikos. Bekommt ihr das bis morgen hin?«

»Ich versuche«, hörte Sophie Nikos hinter sich sagen.

»Nur damit keine falschen Hoffnungen aufkommen, Herrschaften«, sagte Zadek, bevor er die Klasse verließ, »Jungs und Mädchen wohnen wie immer getrennt.«

Dann verpasste Bronski ihnen noch seine bittere Projektpille. »Wir werden Gruppen bilden«, erklärte er und ließ einen Stapel Blätter herumgehen.

Sophie drehte sich zu Nikos um. Er schaute sie traurig an. Ahnte er, dass seine Eltern das nicht erlauben würden? Das war alles so ungerecht. Warum mussten sie ausgerechnet jetzt diese Fahrt machen? Nikos war genau noch fünf Tage da.

Jungs und Mädchen getrennt, hatte Zadek gesagt. Sophie dachte an die vergangene Nacht, als sie eng aneinandergekuschelt eingeschlafen waren. Das war einfach himmlisch gewesen. Noch besser als Küssen.

»He, träumst du?« Luise stieß Sophie an.

Vor ihnen lag die Liste mit den Projektgruppen. *Regenwürmer* oder *Buntspechte?*

»Ich mache bei den Vögeln mit«, sagte Luise aufgeregt.

Sophie überflog die Liste, in der schon jede Menge Namen standen. Charlotte hatte sich noch nicht eingetragen. Eine Weile lang überlegte sie hin und her, dann gab sie das Blatt weiter, ohne sich für eine der Gruppen entschieden zu haben.

Am liebsten wäre ihr, Nikos' Eltern würden ihm die Fahrt verbieten und sie beide könnten zu Hause bleiben. Doch wie sie ihre Mutter kannte, würde die verrückt werden, wenn Sophie eine Schulaktivität schwänzte. Sollten Nikos' Eltern aber tatsächlich zustimmen, dann war Sophie endgültig geliefert. Charlotte stand bereits in den Startlöchern.

# 22

Auf dem Heimweg schwieg Sophie bedrückt. So hatte sie sich ihr letztes gemeinsames Wochenende nicht vorgestellt. Und Nikos sicherlich auch nicht.

»Meinst du, deine Eltern erlauben dir die Fahrt?«

Er zuckte mit den Schultern.

Als sie zu Hause ankamen, stand Oma Inge ausgehfertig im Flur. Sie trug ein blaues Kostüm, einen Hut mit einer langen Feder und knallrote Schuhe. »Was zieht ihr denn für ein Gesicht?«, sagte sie. »Ich habe mich extra fein gemacht.«

Für einen Faschingsball?, wollte Sophie fragen, biss sich aber rechtzeitig auf die Zunge. Auf ein Grauen mehr kam es an diesem Tag auch nicht mehr an. Sie hakten sich bei Oma Inge unter und machten sich dann auf ins Kino.

*Wald des Grauens* lief erst die zweite Woche und entsprechend voll war die Nachmittagsvorstellung.

»Was ist das denn für ein Film?«, fragte Oma Inge, als sie die lange Schlange vor der Kasse sah.

»Ein Vampirfilm, Oma.«

»Ach, so.« Sie sah etwas hilflos aus zwischen all den jungen Leuten.

»Nicht ein bisschen mit Liebe?«, fragte sie leise, als sie zum Kinosaal gingen.

»Doch, auch ein bisschen mit Liebe«, beruhigte Sophie sie.

Hoffentlich ging das gut.

In Teil eins bis drei war die Hauptheldin Lamia ihrem Schwarm so weit verfallen, dass sie bereit war, alles für ihn zu tun. Selbst nachdem sie entdeckt hatte, dass er ein Vampir war. Der alles entscheidende Schritt stand jedoch noch aus. Um ihm ihre Liebe wirklich zu beweisen, musste sie sich von ihm beißen lassen.

Im Kinosaal ging das Licht aus.

»Richtig beißen?«, flüsterte Oma Inge.

Jemand lachte in der Dunkelheit. Da sagte sie nichts mehr und hielt ihre Tüte mit den sauren Stäbchen fest umklammert. Die Hauptheldin flimmerte über die Leinwand. Schön und klug, aber aus ärmlichen Verhältnissen, weshalb sie bei den Freunden ihres Geliebten einen schweren Stand hatte. Die verachteten sie abgrundtief und unterstellten ihr, dass sie durch den Biss nur in ihren Stand aufsteigen wolle. Außerdem hatte die falsche Schlange Anameya auch ein Auge auf den Helden geworfen und erzählte ihm alle möglichen Lügen über seine Angebetete.

Sophie litt mit Lamia. Doch einer wie Anameya zu entkommen, war fast übermenschlich.

Als das Licht wieder anging, drückte ihr Nikos einen sanften Kuss auf die Wange. Er hatte die ganze Zeit still neben ihr gesessen, nur einmal hatte er kurz ihre Hand gestreichelt. Aber der Film hatte Sophie derart mitgenommen, dass sie das kaum bemerkt hatte.

Und es gab noch jemanden, dem der Film zugesetzt hatte: Oma Inge.

Sie hockte noch immer unbeweglich in ihrem Sessel. Mit Tränen in den Augen sagte sie: »Sophie, diese schreckliche Anameya darf Lamias Freund nicht kriegen! Die hat ihn gar nicht verdient.«

Da musste plötzlich auch Sophie weinen. Nee, die hatte ihn nicht verdient.

Nikos stand ein wenig betreten neben den beiden weinenden Frauen.

»Aber was soll Lamia bloß machen, Oma?«

Oma Inge wischte sich die Tränen aus dem Gesicht. »Sie muss sich wehren, Kind! Nichts gibt's umsonst, nicht mal die Liebe.«

# 23

Als sie alle zusammen beim Abendbrot saßen, schob Sophie ihrer Mutter den Elternzettel für die Klassenfahrt hin.
»Ihr fahrt in ein Baumhaushotel?«, las sie verwundert. »Ich dachte, es geht ins Landschulheim.«

»Ein Baumhaushotel?« Wolfgang war sofort begeistert.

»Aber wenn du weg bist«, sagte ihre Mutter, »was ist dann mit Nikos?«

»Nikos könnte mitkommen«, sagte Sophie zögernd.

»Dann ist doch alles bestens.« Erleichtert unterschrieb ihre Mutter die Erlaubnis.

Bestens ist gar nichts, dachte Sophie und starrte auf ihre Unterschrift. »Er kann nur mitfahren, wenn seine Eltern zustimmen.«

»Ja, habt ihr sie denn noch nicht gefragt?«

Nikos schüttelte den Kopf.

»Dann ruf sie doch an!« Ulrike holte das Telefon aus dem Flur und hielt es Nikos hin.

Nikos wählte und alle lauschten dem Freizeichen, das eine Ewigkeit durch ihr Wohnzimmer zu tuten schien, wie ein Überseedampfer, der im Nebel seinen Hafen suchte. Dann war eine aufgeregte Frauenstimme am anderen Ende zu hören. Nikos' Mama. Am Anfang schien das Gespräch gut zu laufen, auch wenn Sophie kein Wort verstand. Doch dann wurde Nikos immer stiller, bis er schließlich auflegte.

Das war das Ende. Sophie würde mit Bronski und den anderen durch irgendeinen brandenburgischen Wald kriechen und Regenwürmer sammeln, während Nikos allein zu Hause saß. An ihrem letzten gemeinsamen Wochenende!

»Also, was machen wir?«, fragte Wolfgang schließlich.

»Nichts!«, fauchte Sophie. »Seine Eltern haben ihm die Fahrt doch verboten.«

»Haben sie nicht«, sagte Wolfgang.

»Haben sie nicht?« Sophie schaute Nikos fragend an.

»Sie erlauben, aber sie können nicht bezahlen«, sagte er traurig.

Im Endeffekt war das das Gleiche. Denn woher sollten sie auf die Schnelle hundertfünfzig Euro nehmen? Vor lauter Ärger zerbröselte Sophie ihr ganzes Salamibrot. »Dann fahre ich auch nicht mit«, erklärte sie.

»Das kommt überhaupt nicht infrage!«, entgegnete ihre Mutter.

»Warum beißt er sie nicht einfach?«, fragte Oma Inge plötzlich, die seit dem Kinobesuch ungewöhnlich still war.

»Was?«

Ulrike Fischer schaute ihre Mutter an, als ob sie nicht mehr ganz dicht wäre. Doch die wiederholte ihre Frage in aller Ruhe: »Warum beißt er sie nicht?«

Sophie sagte leise: »Weil Anameya immer dazwischenfunkt.«

»Dann muss sie zurückfunken. Mit allen Mitteln.«

Wolfgang und Ulrike warfen sich besorgte Blicke zu.

Als Oma Inge aus ihrer Handtasche einen Fünfziger herausholte, verstand Sophie, was sie meinte. Nur – fünfzig Euro reichten nicht. Aber dann legte Wolfgang noch einen Fünfziger drauf und Sophies Mutter ebenfalls. Nikos bekam sich gar nicht mehr ein, er schüttelte vor Freude jedem die Hand. Bei Oma Inge stand er sogar auf und machte einen Diener. Die war von solch guten Manieren ganz verzückt. Und dann sagte sie etwas, dem Sophie aus tiefstem Herzen zustimmte: »Anameya darf nicht gewinnen.«

# 24

Am anderen Morgen gab es in der Schule nur ein Gesprächsthema: Die Klassenfahrt. Und ob man im Wald außer Regenwürmer sammeln noch etwas wirklich Spannendes anstellen konnte, denn das Baumhaushotel lag kilometerweit von jeglicher Zivilisation entfernt.

Kurz vor Unterrichtsbeginn schaute Zadek noch schnell in ihrem Klassenzimmer vorbei. »Sind eure Eltern einverstanden mit der kurzfristigen Planänderung?«

Alle nickten.

»Und was ist mit dir, Sportsfreund?«, fragte er Nikos.

»Komme mit.«

»Schön. Dann ist ja alles geklärt. Ich sehe euch alle Samstagfrüh pünktlich um acht am Bahnhof Zoo.« Mit einem kurzen Winken verschwand er aus der Klasse, der Grammatik-Heinz war bereits im Anmarsch.

»Das wird richtig toll«, flüsterte Luise.

Da war Sophie sich nicht so sicher, aber nun konnte sie nicht mehr zurück. Was machte sie nur mit ihrem Vortrag? Der musste am Montag nach der Fahrt fertig sein. Ihr blieben noch genau zwei Nachmittage und sie war gerade mal mit der Einleitung fertig. Luise hatte auch keine Zeit, ihr zu helfen, sie probte wieder mit dem Orchester.

Als Sophie mit Nikos das Schulgebäude verließ, hatte sie nichts vor sich als einen öden Nachmittag am Schreibtisch. Da hatte sie sich echt was eingebrockt, nur weil sie ein Mal besser sein wollte als Charlotte.

Auf einmal hupte am Straßenrand ein Luxusschlitten. Sophie kannte sich mit solchen Nobelkarossen nicht besonders aus, bei Fischers fuhr man nur Rad oder S-Bahn. Der Wagen sah jedenfalls mordsteuer und hyperschnell aus. Er war schwarz, tiefergelegt und hatte Reifen wie ein Rennwagen. An diesem Geschoss lehnte Charlotte und grinste breit.

»Hey, Nikos!«, rief sie. »Lust auf einen kleinen Ausflug?«

Am Steuer saß ihr Vater. »Steig ein, Kumpel!«, rief er. »Ich steh hier im Halteverbot!«

»Wir machen Ausflug!«, jubelte Nikos. Doch als er Sophies Gesicht sah, zögerte er.

»Ich muss doch meinen Vortrag machen.«

»Ach, Vortrag«, winkte er ab. »Komm doch mit!«

Sophie schüttelte den Kopf.

»Was ist jetzt?«, rief Charlottes Vater.

Charlotte quetschte sich auf die schmale Rückbank.

»Viel Spaß«, sagte Sophie leise.

Da umarmte Nikos sie hastig, stieg ein und verschwand mit dem Luxusschlitten. Charlotte winkte ihr grinsend aus dem Rückfenster zu.

Nachdem der Wagen außer Sicht war, ließ Sophie den Kopf in die Hände sinken. Es war alles so schnell gegangen. Sie fragte sich, ob das nun Vertrauen oder einfach nur Blödheit gewesen war. Auf die Idee, dass auch Nikos hätte verzichten können, kam sie in dem Moment nicht.

Als sie durch den Stadtpark heimging, hatte sie doppelt schlechte Laune. Zu Hause erwartete sie nicht nur der blöde Vortrag, sondern mit Sicherheit auch ein nerviges Gespräch mit ihrer Mutter. Denn die würde garantiert fragen, wo Nikos steckte. Sollte sie dann etwa sagen, er mache gerade mit ihrer Erzfeindin einen Ausflug? So dumm, ihren Freund mit einer anderen einen schönen Nachmittag verbringen zu lassen, war nicht mal ihre Mutter.

Sie trödelte noch eine Weile herum, bis sie schließlich in ihre Straße einbiegen musste. Da kam ihr ein junger Mann entgegen. Zuerst dachte sie, es wäre Nikos, und ein Gefühl der Erleichterung breitete sich in ihr aus. Doch es war nicht Nikos. Es war Sebastian, Charlottes Freund.

»Hallo, Sophie«, sagte er. »Wie geht's dir?«

»Ich dachte, du bist in New York«, stotterte sie, »für ein Austauschjahr.«

»New York? Schön wär's«, lachte er. »Wer sagt denn so was?«

»Charlotte.«

Als er Charlottes Namen hörte, verfinsterte sich sein Gesicht.

»So, sagt sie das?«

Sophie nickte. Nun verstand sie überhaupt nichts mehr. »Warum erzählt Charlotte solche Lügen?«

»Keine Ahnung«, meinte Sebastian. »Ich habe vor den Sommerferien mit ihr Schluss gemacht.«

»Was?« Sophie schaute ihn ungläubig an. »Ihr seid nicht mehr zusammen? Aber warum denn nicht?«

»Du kennst sie doch. Immer muss alles nach ihrer Nase gehen. Irgendwann habe ich das nicht mehr ausgehalten.«

Sophie hielt auch gerade etwas nicht aus. Und zwar die Vorstellung, dass Charlotte genau in diesem Moment mit ihrem Freund in diesem rattenscharfen Schlitten unterwegs war. Und das als Single.

»Mach dir keine Gedanken«, sagte Sebastian. »Ich bin inzwischen darüber hinweg. Mir geht's gut.« Und dann ging er weiter, während Sophie ihm fassungslos hinterherstarrte.

Ja, ihm ging's gut. Aber Charlotte litt eindeutig unter der Trennung. Und da kam ihr Nikos gerade recht. Das durfte doch nicht wahr sein! Sophie stürmte zur Wohnung hoch und riss fast die Tür aus den Angeln.

»Schön, dass ihr endlich kommt!«, rief Oma Inge aus der Küche. »Ich tu schon das Essen auf.«

Nicht auch noch Oma Inge, dachte Sophie entsetzt. Die hatte ihr gerade noch gefehlt. Sie knallte den Rucksack an die Garderobe und rannte in ihr Zimmer. Auf keinen Fall fuhr sie mit auf diese Klassenfahrt. Und Nikos auch nicht. Sie würde es ihm einfach verbieten.

Nach einer Weile hörte sie, wie ihre Zimmertür vorsichtig geöffnet wurde und Oma Inge hereinschaute. »Was ist denn los, Kind?«

»Nichts. Ich habe keinen Appetit!«, fauchte Sophie.

Erschrocken machte Oma Inge die Tür wieder zu. Sophie vergrub das Gesicht in ihrem Kissen. Super. Jetzt hatte sie keinen Freund mehr! Den Vortrag bekam sie auch nicht pünktlich fertig. Und alle anderen würden auf der Klassenfahrt Spaß haben, nur sie nicht. Weil sie die ganze Zeit mitansehen konnte, wie Charlotte sich an Nikos ranmachte. Sie schaute auf die Uhr. Seit einer Stunde gurkte Nikos jetzt schon mit dieser falschen Schlange durch die Stadt.

Da klopfte es leise an ihre Zimmertür.

»Niemand da!«, brüllte sie.

»Hallo, Schnecke«, sagte ihre Mutter und steckte den Kopf zur Tür herein.

Nun kommt genau die Richtige, dachte Sophie. Sie hatte aber gerade nicht die Nerven für Mütterratschläge, und für die von Ulrike Fischer schon gar nicht.

»Was ist denn los?« Ihre Mutter ließ sich nicht abwimmeln.

Das hätte sie besser nicht fragen sollen, denn da explodierte Sophie. »Was los ist? Charlotte angelt sich meinen Freund! Das ist los! Und schuld daran bist allein du, weil du Nikos unbedingt mit in meine Klasse schicken musstest. Hast du dabei auch ein Mal an mich gedacht? Nein! Du hast ja nur noch deinen Wolfgang im Kopf!«

»Aber …«, begann Ulrike Fischer, verstummte jedoch gleich wieder. Sophie hatte ja Recht.

»Und deshalb wolltest du nicht mit auf diese Fahrt?«

»Genau, aber ihr musstet ja unbedingt die barmherzigen Samariter spielen und Nikos' Platz bezahlen. Damit ihr am Wochenende hier allein seid! Und ich, wo bleibe ich? In einem blöden Baumhaus mitten im Wald!«

Sophie hatte sich so in Rage geredet, dass ihr fast die Luft wegblieb. Ihre Mutter schaute sie erschrocken an. Aber Sophie bereute keinen einzigen Satz.

»Das tut mir wirklich leid, Sophie«, sagte ihre Mutter schließlich.

Aber zum Leidtun war es jetzt zu spät.

»Vielleicht ist es gar nicht so, wie du denkst.«

»Und vielleicht ist mein Vater immer noch Zigaretten holen!«

»Sophie!«

»Mama!«

Doch Sophies Mutter war schon aufgesprungen und verließ schwer beleidigt das Zimmer.

Jetzt hatte sie sich auch mit ihrer Mutter zerstritten. Sophie starrte verzweifelt auf die zugeschlagene Tür. Da blieb nur eines. Sie simste SOS.

# 25

»Was ist denn passiert?«, keuchte Luise eine Viertelstunde später.

Not-SMS hieß, dass man sofort alles stehen und liegen ließ. Was in dem Fall das Schlagzeug des Schulorchesters war und bedeutete, dass Luise die komplette Probe schmiss. Und die war ihr absolut heilig, denn Luise plante heimlich eine Rockkarriere.

»Was los ist?«, rief Sophie, als Luise in ihr Zimmer stürmte. »Charlotte will Nikos! Das ist los!«

»Und deswegen holst du mich aus der Probe?«

»Sebastian ist hier, in Berlin, verstehst du?«

»Was? Wieso?«

»Er hat mit Charlotte Schluss gemacht, deshalb erzählt sie überall rum, er wäre im Austauschjahr.«

»Mist«, sagte Luise nur.

»Sag ich doch.«

»Und jetzt?«

»Fährt Nikos grad Auto mit ihr. Irgend so ein Luxusschlitten von ihrem Vater. Der hat sie vorhin von der Schule abgeholt.«

Luise legte die Schlagstöcke aus der Hand, die sie in der Eile mitgenommen hatte. »Sophie, das ist ja schrecklich!«

Genau das war es. Schrecklich!

»Aber du willst doch jetzt nicht so einfach das Feld räumen, nur weil ihr Vater mit 'nem Luxusschlitten vor der Schule aufkreuzt?«

»Was soll ich denn machen, Luise?«

Charlottes Eltern hatten ein Haus, fuhren drei Mal im Jahr in den Urlaub, Charlotte hatte sogar ein eigenes Pferd. Sophie hatte nichts von alledem. Nur eine Monatskarte für die S-Bahn. Und schön war sie auch nicht. Geschweige denn klug. Sonst wäre das alles nicht passiert.

»Lass uns nachdenken! Es gibt bestimmt einen Weg aus diesem Schlamassel.«

In Sophies Kopf gab es jedoch nur einen einzigen Gedanken: Es ist vorbei.

Aber so schnell gab Luise nicht auf. »Lass uns einen Plan machen.«

Da musste Sophie plötzlich lachen und konnte gar nicht mehr aufhören. »Ach, Luise, haben deine Pläne jemals funktioniert?«

Beleidigt ließ Luise sich in die Hängematte fallen und schaukelte vor sich hin.

Sophie lauschte dem leisen quietschenden Geräusch der Haken. Was für ein Plan sollte das sein, der gegen eine wie Charlotte ankam? Der Plan musste außerirdisch gut sein. Ein Ding der Unmöglichkeit, da Charlotte alle Trümpfe in der Hand hielt. Zumal Nikos noch auf sie zu stehen schien.

Gab es auch nur irgendetwas, das Sophie richtig gut konnte, wenn sie schon nicht mit Pferd, Luxusschlitten und Cool-Daddy punkten konnte?

»Das wird eine Katastrophe, Luise«, sagte Sophie nach einer Weile.

Luise sprang aus der Hängematte. »Das ist die Lösung, Sophie! Du bist ein Genie. Genau das wird es – eine richtige Katastrophe!«

Jetzt, dachte Sophie, ist Luise endgültig übergeschnappt. Was sollte daran die Lösung sein, wenn sie mitansehen musste, wie Charlotte sich an ihren Freund ranmachte?

»Wer sagt denn, dass ihr das auch gelingt«, Luise lächelte verschwörerisch, »wenn die Meisterin aller Katastrophen in der Nähe ist?«

Sophie verstand nur Bahnhof.

»Charlotte wird keine ruhige Minute haben, um sich an Nikos ranzumachen, wenn du in der Nähe bist.«

»Und wenn es nicht klappt?«, jammerte Sophie. »Dann ist das die Strafe für unseren frevelhaften Besuch im Dom.«

»Quatsch, seit wann glaubst du an Gott? Und außerdem müsste Charlotte dann längst tot sein, so viele Freunde, wie sie anderen schon ausgespannt hat.«

»Du meinst also, vielleicht bin ich ja ihre Strafe?«, sagte Sophie.

»Hast du's endlich kapiert?« Luise grinste. »In so einem Wald kann viel passieren.«

Auch wenn Sophie nicht wusste, ob Luises Plan funktionieren würde, gab er ihr ein wenig die Hoffnung zurück, dass doch noch nicht alles verloren war.

»Jetzt muss ich aber zurück«, sagte Luise, »sonst schmeißen die mich noch aus dem Orchester. Wir proben für den Schulausscheid. Bis morgen, Süße.«

Und weg war sie.

# 26

Beim Abendbrot herrschte angespannte Stille. Alle schauten auf den leeren Platz, an dem eigentlich Nikos sitzen sollte. »Wo steckt denn der Junge?«, fragte Oma Inge schließlich. »Das schöne Essen wird ja kalt.«

Da wagte Ulrike Fischer einen kurzen Blick zu ihrer Tochter. Sie sah dabei ziemlich schuldbewusst aus.

Tja, da musst du jetzt durch, dachte Sophie. Sollte ihre Mutter sich ruhig noch ein wenig schuldig fühlen, sie hatte ihr das Ganze schließlich eingebrockt.

In dem Moment klingelte es an der Wohnungstür und Nikos stürmte herein.

»Sorry«, entschuldigte er sich. »Wir haben noch Ferrari gefahrt! Super great!«

Hungrig und glücklich setzte er sich an den Tisch und nahm sich drei große Löffel von Oma Inges Gemüseauflauf.

»Ferrari?«, fragte Wolfgang ungläubig.

»Jaguar auch«, erwiderte Nikos mit vollem Mund.

Aha, dachte Sophie, so hieß also das glänzende schwarze Luxusgeschoss.

Ihre Mutter schaute sie mitfühlend an.

»Charlotte sagt, du bist coole Freundin.«

Sophie lächelte gequält. Charlotte musste es ja wissen.

»Ihr Freund ist eine ganze Jahr in New York. Sie ist sehr traurig.«

»Arme Charlotte«, sagte Sophie.

»Arm? Sie ist nicht arm, sie hat auch ein Pferd.«

Sophie sah, wie sich ihre Mutter kaum noch beherrschen konnte. Ferrari, Jaguar, Pferd. Sie verstand nicht, warum Sophie jetzt so ruhig blieb, wo sie eine Stunde zuvor noch völlig ausgeflippt war.

Als die beiden Männer in der Küche abspülten, nahm sie Sophie zur Seite. »Du musst mit ihm reden, Sophie. So geht das nicht.«

Als ob Reden jemals geholfen hätte. Damit machte man es nur schlimmer. Hier waren Taten gefragt. Sollte Charlotte ihr Märchen ruhig noch ein wenig glauben, das arme Mädchen mit dem Pferd. Selbst ein Jaguar war nichts gegen Sophie, wenn die zu ihrer Höchstform auflief. Sie würde mit allen Mitteln um Nikos kämpfen. Und mit Luise an ihrer Seite war sie unschlagbar.

Als Wolfgang vorschlug, nach dem Essen noch eine Runde *Activity* zu spielen, war sie sofort dafür. Aber diesmal spielten sie Jung gegen Alt.

Oma Inge wurde als Joker eingesetzt. Wer sie zog, war auf der Gewinnerseite. Denn egal ob Hexenkessel, Kriegsbeil oder Schlangengrube, es gab nichts, das sie nicht erriet. Oma Inge bescherte einem hundert Extrapunkte. Aber den Hauptpreis bekam sie selbst, als sie am Ende verkündete, dass sie morgen Mittag wieder abreisen würde.

»Denn wie ich sehe«, sagte sie, »sind alle gesund und wohlauf.«

Genau, dachte Sophie, als sie sich später dicht an Nikos kuschelte. Sie hatte sich nie gesunder gefühlt.

# 27

Nach dem Unterricht am nächsten Mittag war sie fest entschlossen, ihren Vortrag endlich fertig zu bekommen, um mit Nikos den Rest ihres letzten freien Nachmittags allein zu verbringen. Doch es kam anders. Keine fünf Meter entfernt wartete Charlotte, ein selbstsicheres Grinsen im Gesicht, neben einem schnöden BMW. Wahrscheinlich der Einkaufswagen der Familie Beiersdörfer; diesmal saß ihre Mutter am Steuer.

»Steig endlich ein!«, rief sie ihrer Tochter zu. »Wir sind schon spät dran!«

»Willst du mitkommen?«, fragte Charlotte Nikos, ohne Sophie im Geringsten zu beachten.

»Autofahren?« Nikos schüttelte den Kopf.

»Nein, reiten. Wir fahren zum Reiterhof.«

Da tat Sophie etwas, von dem sie selbst überrascht war. »Natürlich will er mitkommen, Charlotte«, hörte sie sich sagen. »Reiten ist doch klasse.« Und sie schob Nikos Richtung BMW. »Ich finde es toll, dass du mir endlich mal dein Pferd zeigst, wo ich doch deine Freundin bin.«

Charlotte schaute sie sprachlos an. Doch ehe sie etwas erwidern konnte, hatte Sophie schon die Tür zur Rückbank geöffnet. »Hallo, Frau Beiersdörfer«, sagte sie und stieg rasch ein. »Ich bin Sophie.« Gleichzeitig zog sie Nikos mit sich auf die Rückbank, sodass Charlotte nur noch der Beifahrersitz neben ihrer Mutter blieb.

»Hallo, Sophie«, sagte Frau Beiersdörfer freundlich mit Blick in den Rückspiegel.

Damit erst gar keine Missverständnisse aufkommen konnten, stellte Sophie auch Nikos gleich vor. »Das ist mein Freund, Nikos. Vielen Dank, dass Sie uns auf den Reiterhof mitnehmen.«

»Schön, dass ich deine Freunde endlich einmal kennenlerne, Schatz«, sagte Charlottes Mutter zu ihrer Tochter und fuhr los.

Charlotte kochte. So hatte sie sich das Ganze nicht ausgemalt. Auch Sophie hatte sich den Nachmittag mit Nikos ganz anders vorgestellt. Aber manchmal musste man Prioritäten setzen. Und ihr Englischvortrag gehörte zurzeit leider nicht dazu. Doch was mach ich hier gerade?, dachte Sophie, während der BMW die Stadt verließ. Sie erklärte Charlotte den Krieg. Das hatte noch niemand aus der Klasse gewagt. Sie musste komplett verrückt sein.

Als sie eine halbe Stunde später beim Reiterhof ankamen, fiel Sophie ein, dass sie noch nie in ihrem Leben auf einem Pferd gesessen hatte. Da war ihr Mut mal wieder größer gewesen als ihr Verstand. Beim Anblick der schnaubenden Pferde im Reitstall wurde ihr flau im Magen.

Charlottes Pferd war ein wunderschöner Schimmel. Er wieherte leise, als Charlotte ihn begrüßte. »Das ist Susi. Du kannst aber gern O'Henry nehmen«, sagte sie lächelnd zu Sophie und öffnete die Nachbarbox.

»Ich weiß nicht«, meinte ihre Mutter. »Ist Susi nicht vielleicht besser?«

»Die kann doch Nikos nehmen«, entgegnete Charlotte schulterzuckend.

Susi war eine gemütliche runde Pferdedame mit warmen Augen. Sie fraß Sophie gleich aus der Hand, als sie ihr eine Mohrrübe hinhielt. O'Henry dagegen war ein ehemaliges Rennpferd, schlank, groß und schwarz wie die Nacht. Er hatte nur eines in seinem nervös schnaubenden Schädel. Und das war Rennen. Aber da musste Sophie jetzt durch. Sie dachte kurz an ihren Eselsritt auf Kreta. Das hier würde ungleich schwieriger werden, denn das Vieh wollte sich nicht mal in Ruhe satteln lassen.

»Du kannst doch reiten, Sophie?«, fragte Charlottes Mutter, der Sophies Respekt vor O'Henry nicht ganz entgangen war.

»Natürlich kann sie das.«, sagte Charlotte. »Sie ist nur etwas aus der Übung.«

Während Frau Beiersdörfer und ihre Tochter verschwanden, um sich umzuziehen, standen Sophie und Nikos mit ihren beiden Pferden auf dem Hof und warteten. O'Henry drehte fast durch, ungeduldig scharrte er mit den Hufen, sodass Sophie ihn kaum halten konnte.

»Kannst du reiten?«, fragte sie Nikos leise.

»Bisschen«, sagte er und streichelte die sanfte Susi. »Meine Onkel hat zwei Pferde.«

Da war sie also die einzige Anfängerin hier. Hoffentlich brachte der Gaul sie nicht um. Immer wieder stieß er gegen ihre Hand, die das Halfter hielt. Das blöde Rumstehen dauerte ihm eindeutig zu lange.

Endlich tauchte Charlotte mit ihrer Mutter wieder auf. Die beiden sahen aus, als wären sie einem britischen Reitmagazin entstiegen mit ihren weißen engen Hosen, den langen Reitstiefeln und kurzen, kecken Jäckchen. Sophie dagegen in ihren alten Jeans und Turnschuhen wirkte wie der Stallbursche. Charlotte gab jedem eine Reitkappe und stieg auf.

Wenn Sophie nur wüsste, wie sie auf den himmelhohen Gaul hinaufkommen sollte. Als die drei anderen bereits in ihren Sätteln saßen, sprang Nikos noch einmal von Susi ab und half ihr hoch. Charlottes Mutter schlug einen Querfeldeinritt über die Wiesen und in den angrenzenden Wald vor und ritt als Erste los.

Als Frau Beiersdörfer ein Stück vom Reiterhof weg war, tat Charlotte etwas, das Sophie ihr nie verzeihen würde. Aber was hatte sie erwartet? Während O'Henry immer wieder steil nach oben stieg, weil er dem jungen Hengst von Charlottes Mutter endlich nachwollte, klatschte Charlotte plötzlich laut in die Hände. Es klang wie ein Schuss. O'Henry stieß ein freudiges Wiehern aus – das war sein Startzeichen und er preschte auf und davon.

»Sophie!«, schrie Nikos ihr nach.

Doch seine Susi war viel zu langsam, um mit O'Henry

Schritt zu halten. Der rannte jetzt um sein Leben, während Sophie versuchte, ihres nicht zu verlieren. Sie hüpfte wie ein Pingpongball im Sattel, jeden Moment darauf gefasst hinabzustürzen. Hinter sich hörte sie Charlotte laut lachen. Doch sie wagte nicht, sich umzudrehen, denn keine fünfzig Meter vor ihr tat sich ein breiter Wassergraben auf.

Wenn sie gewusst hätte, dass O'Henry Europameister im Spring-Derby gewesen war, hätte sie vielleicht etwas weniger Angst gehabt. Doch so sah Sophie bereits ihr Ende auf sich zurasen. Sie krallte sich in der dichten Mähne fest und schloss die Augen, als das Pferd mit einem gewaltigen Satz absprang und auf der anderen Seite mit einem ebenso gewaltigen Ruck wieder aufsetzte. Knirschend krachten ihre Zähne aufeinander.

»Halt dich fest, Sophie!«, brüllte Nikos aus der Ferne.

Na, was glaubte er denn, was sie die ganze Zeit versuchte? Fliegen lernen? Irgendwie war es ihr gelungen, die Zügel wieder in die Hände zu bekommen. O'Henry ließ sich davon aber nicht beeindrucken. Als sie an ihnen zog, brach er nur unwillig nach rechts aus. Also ließ sie das lieber sein.

»Bleib stehen!«, brüllte sie ihm ins Ohr. »Stopp! Brrrr! Halt!«

Doch er wieherte nur genervt.

Lange würde Sophie sich nicht mehr im Sattel halten können. Ihr ging langsam die Kraft in den Beinen aus. Nikos und Charlotte waren weit zurückgefallen. Und dann sah sie sie plötzlich – eine dicke fette Eiche! Mittlerweile waren sie am Ende der Wiese angelangt, doch ihr Renngaul dachte nicht daran, den Schritt zu verlangsamen. Im Gegenteil, er schien sich jetzt erst richtig warmgelaufen zu haben. Ist er blind?, dachte Sophie entsetzt, als er weiter auf die Eiche zuhielt. In genau diese Richtung war Charlottes Mutter mit ihrem Pferd verschwunden. Und offensichtlich wollte O'Henry sie immer noch einholen. Mit ungebremstem Tempo. Sollte sie abspringen? Dabei brach sie sich garantiert den Hals.

Als O'Henry unter der Eiche durchraste, hatte Sophie das Pech, dass ihr Kopf sich in Höhe der unteren Äste befand. Als ihr der erste ins Gesicht klatschte, ließ sie vor Schreck die Zügel los. In ihrer Panik versuchte sie, sich in dem dichten Blättergewirr festzuhalten. Aber ihre Füße hingen noch in den Steigbügeln. Kurz glaubte sie, sie würde in Stücke gerissen. Doch plötzlich waren ihre Füße frei – und O'Henry stürmte ohne sie weiter.

Sophie hing an einem schwankenden Ast, drei Meter über dem Boden. Sie rechnete jeden Moment damit, dass er abbrechen und sie zu Boden stürzen würde. Doch er schien zu halten. Vorsichtig zog sie sich daran hoch. Als Charlotte und Nikos auf ihren Pferden herankamen, saß sie immer noch dort, mit zerkratztem Gesicht und rasendem Herzen.

»Ich dachte, wir gehen reiten und nicht klettern!«, rief Charlotte in den Baum hoch.

»Das ist kaukasisches Wald-Derby«, sagte Sophie. »Noch nie davon gehört?«

»Und wo ist O'Henry?«, fragte Charlotte wütend.

»Das musst du ihn schon selbst fragen.«

»Wir sehen uns auf dem Reiterhof«, knurrte sie und ritt weiter in den Wald, um ihren durchgegangenen Renngaul einzufangen.

Selbst schuld, dachte Sophie. Warum musste sie auch klatschen?

»Sophie«, sagte Nikos, »ich hatte so Angst.«

»Wirklich?«

»Das Pferd ist gerannt wie die Blitz!«

Sophie baumelte mit den Beinen auf ihrem Ast. »Ich hatte auch Angst«, sagte sie leise.

»Aber warum bist du auf so ein Pferd gestiegen?«

Wegen dir, wollte sie sagen. Aber sie traute sich nicht, sonst hielt er sie womöglich für eifersüchtig. Genau deshalb hatte er sich von seiner letzten Freundin getrennt. Weil die auch ständig eifersüchtig gewesen war.

»Komm«, sagte er, »ich helfe dir runter.«

Er kletterte von der dicken Susi und breitete seine Arme aus.

»Ich soll springen?«, fragte Sophie entsetzt.

»Ich fange dich!«

Wenn sie hier nicht übernachten wollte, blieb ihr wohl nichts anderes übrig. Also sprang sie. Allerdings riss sie dabei ihren Retter um, sodass sie beide zusammen ins Gras fielen. Für einen Moment rührte sie sich nicht und spürte nach, ob sie sich irgendwas gebrochen hatte. Doch alles schien heil. Sie hatte wirklich Glück gehabt und genoss es, in Nikos' Armen gelandet zu sein. Es war ganz still. Nur der Wind wehte leise über die Wiese und raschelte in der alten Eiche. Sophie hätte noch ewig so liegen können, wenn nicht plötzlich eine warme schmatzende Zunge über ihr Gesicht gefahren wäre. Susi wollte heim. Es wurde langsam Abend.

Sie gingen zu Fuß zum Reiterhof zurück, denn so schnell bestieg Sophie garantiert kein Pferd mehr. Mit der einen Hand hielt Nikos Susis Zügel, mit der anderen Sophies Hand. So kamen sie schließlich auf dem Hof an.

Hier wurden sie bereits erwartet.

»Sophie«, sagte Charlottes Mutter besorgt, »ist dir auch nichts passiert, Mädchen?«

»Nur ein paar Kratzer, ist nicht schlimm.«

»Ich mach mir solche Vorwürfe. Hätte ich doch nicht auf Charlotte gehört und dir besser Susi gegeben.«

Charlotte rieb ein paar Meter weiter den verschwitzten O'Henry trocken. Der war total erschöpft, seine Augen aber strahlten vor Glück. Sophie ging zu ihm und streichelte seine heißen Flanken. Jetzt hielt er ganz still. Sie hatte ihm den Höllenritt längst verziehen, er konnte schließlich nichts dafür.

»Ein Wunder, dass du nicht schon auf dem Hof runtergefallen bist!«, zischte ihr Charlotte zu, während sie O'Henry striegelte.

»Ich bin eben ein Reittalent!«, zischte Sophie nicht minder giftig zurück.

»Dann kümmere dich gefälligst um dein Pferd!« Charlotte

drückte ihr den Striegel in die Hand und ging zu ihrer Schimmeldame, die auch ein wenig mitgenommen wirkte.

Als schließlich alle Pferde trocken, satt und zufrieden in den Boxen standen, fand Sophie ihren kleinen Ausflug auf den Reiterhof gar nicht mehr so übel. O'Henry, der Europasieger im Springreiten, fraß ihr mittlerweile sogar aus der Hand. Und da begriff sie, dass es manchmal um mehr als Siegen ging. Es ging um Respekt. Und den zollte ihr das Pferd jetzt. Vielleicht weil sie nicht runtergefallen war. Nur Charlotte schien vor nichts und niemandem Respekt zu haben.

# 28

»Mein Gott, wo wart ihr denn?«, begrüßte sie Sophies Mutter, als sie heimkamen. »Und wie siehst du aus?«

»Wir waren mit Charlotte und ihrer Mutter reiten.«

»Du kannst reiten?«

»Darum geht's doch gar nicht, Mama!«

»Man wird ja noch fragen dürfen«, erwiderte sie pikiert. »Und außerdem, deine Großmutter war untröstlich, weil sie sich nicht von euch verabschieden konnte.«

Mist, das hatte Sophie völlig vergessen. Aber Oma würde es überleben. Was Sophie nicht überleben würde, war die Klassenfahrt. Sie hatte Charlotte herausgefordert. Und das konnte nur schlimm enden.

»Was ist denn mit deinem Gesicht passiert?« Ulrike Fischer konnte doch nicht an sich halten.

Im Krieg nannte man so was Kollateralschaden. Und in der Liebe? Opfer? Sophie war aber kein Opfer. »Heldinnenschrammen«, sagte sie und ließ sich erschöpft neben Nikos aufs Sofa fallen. Sekunden später schoss sie wieder hoch und starrte ihre Mutter an. »Wo ist denn Wolfgang?« Er wich doch mittlerweile keine Minute mehr von Ulrikes Seite.

»Das musst du ihn schon selbst fragen«, kam als Antwort.

Aber Sophie wollte sich nicht streiten, nicht an diesem Abend. Außerdem sollte Ulrike das ruhig allein klären. Der Kummerkasten hatte heute geschlossen.

Müde schmierte Sophie in der Küche zwei Brötchen mit Schokocreme. Von Problemen hatte sie heute wirklich genug. Mit den beiden Brötchen und Nikos verschwand sie in ihrem Zimmer. Sie musste noch packen. Aber was nahm man mit, wenn man auf Bäumen übernachtete? Eine Überlebensausrüstung? Ein Sommerkleid? Gummistiefel?

Während sie noch darüber nachdachte, klingelte ihr Handy. » Sophie«, beschwerte sich Luise, »wo steckst du denn? Ich hab dir schon zehnmal gesimst.«

»Ich war reiten mit Charlotte.«

»Ja, klar. Und Nikos war auch dabei.«

»Woher weißt du das?«

»Sophie, jetzt mal echt!«

Wenn Luise wüsste, wie echt das war. Sophie tat noch immer der Kopf von dem Baumcrash weh. Und dann erzählte sie von ihrem Nachmittag auf dem Reiterhof.

»Ehrlich?«, sagte Luise abschließend. »Das hätte ich dir gar nicht zugetraut.«

Sophie sich auch nicht. Charlotte sollte sich warm anziehen im Wald.

»Was packst du eigentlich alles ein, Luise?«, fragte sie ihre Freundin.

»Keine Ahnung. Deshalb rufe ich ja an.«

»Du bist vielleicht eine Hilfe!«

»Vielleicht eine Taschenlampe?«, schlug Luise vor.

»Klar, die kann man ja auch prima anziehen.«, sagte Sophie und kicherte.

»Ich muss jetzt Schluss machen. Wir essen gleich. Bis morgen, Süße.« Und dann legte Luise auf.

Sophie stopfte ein paar T-Shirts und Pullover in ihre Tasche. Und das einzige Kleid, das sie besaß. Man konnte nie wissen. Dann stellte sie die Tasche in den Flur. Wolfgang war noch immer nicht zurück. Ulrike Fischer hockte wie ein Häufchen Elend auf dem Sofa.

»Ach, Mama«, sagte Sophie. »Was ist denn los? Hat er nicht gesagt, wann er wiederkommt?«

Ulrike schüttelte den Kopf. »Nur, dass er was Wichtiges erledigen muss.«

»Dann wird das auch so sein.«

»Meinst du?«

»Meine ich.«

Ein wenig Sorgen machte Sophie sich schon darüber, wie Ulrike das Wochenende überstehen würde. Aber Wolfgang hatte seine Hängematte vom Balkon ja wieder zurück unter ihr Hochbett gehängt. Also wollte er wieder im Wohnzimmer schlafen. Sophie hoffte allerdings, dass Nikos von der Hängematte keinen Gebrauch mehr machen würde.

Während Nikos sich im Bad die Zähne putzte, kletterte sie bereits auf ihr Bett hoch. Sie hörte, wie er in ihr Zimmer kam und einen Moment zögernd stehen blieb.

»Sophie«, fragte er leise, »wollen wir noch Musik hören?«

»Bei mir oben?«

So was konnte wirklich nur sie fragen!

»Ja, gern«, fügte sie schnell hinzu.

»Gute Nacht, ihr zwei!«, hörte sie ihre Mutter rufen.

»Gute Nacht!«, riefen sie beide zurück.

Irgendwie tat ihre Mutter ihr leid. Sophie hörte, wie sie auf den Balkon ging.

»Weißt du, wo Wolfgang steckt?«

»Nein«, sagte Nikos, während er die Strickleiter hinaufkletterte.

Nur noch zwei Tage, dachte Sophie. Dann flog Nikos wieder nach Kreta. Das war alles so ungerecht. Als er seinen Arm um sie legte, kuschelte sie sich ganz eng an ihn.

»Was eine Musik willst du hören?«, flüsterte er.

Dass du mich liebst, dachte Sophie und spürte, wie ihr sogar im Dunkeln die Röte ins Gesicht schoss. Er hatte es noch kein einziges Mal gesagt. Dafür küsste er jetzt sacht die Beule an ihrer Stirn, die mittlerweile zu einem kleinen Horn angeschwollen war.

»Du bist so verrückte Mädchen, Sophie!«, sagte er leise.

Aus seinem Mund klang das fast wie *Ich liebe dich.* Und da schlief sie erschöpft ein.

# 29

»Sind endlich alle da?«, fragte Zadek und schaute in die Runde. Bronski hatte schon drei Mal gezählt, aber einer fehlte immer noch. »Marvin!«, brüllte die ganze Klasse. Da hechtete er in letzter Minute mit seinem Rucksack die Bahnhofstreppe hoch. Der Zug fuhr schon ein.

»Los, alle rein!«, trommelte Zadek.

Sophie trödelte mit Nikos bis zum Schluss.

»Wollt ihr hierbleiben?«, fragte er genervt.

Ja, hätte Sophie am liebsten gesagt.

»Sophie, das werden zwei tolle Tage«, versprach er ihr. Und dann schob er sie in den Zug, kurz bevor sich die Tür hinter ihnen schloss.

Charlotte hatte bisher noch kein einziges Wort zu Sophie gesagt. Nicht einmal Guten Morgen. Auch nicht zu Nikos. Sie behandelte sie beide wie Luft.

»Siehst du«, flüsterte Luise, als sie sich zu zweit auf einen Platz quetschten, »vielleicht hat ihr der Nachmittag gestern schon gereicht und sie lässt Nikos in Ruhe.«

Schön wär's, dachte Sophie. Doch als Charlotte ihren Parka auszog, wusste sie, dass sie so schnell nicht aufgab. Selbst Zadek fielen bald die Augen aus dem Kopf, obwohl der von Amts wegen immun dagegen sein sollte. Charlotte trug ein knallgrünes kurzes Top, das mindestens drei Nummern zu klein war, aber ihre Oberweite mehr als nur zur Geltung brachte.

Sophie hatte doch gewusst, dass sie die falschen Klamotten eingepackt hatte. Aber sie hatte ohnehin nichts, das an Charlottes Outfit herangekommen wäre. Nikos streifte Charlotte mit einem kurzen verwirrten Blick, dann unterhielt er sich wieder mit Marvin. Ob er fand, dass Charlotte gut aussah? Immer, wenn sie glaubte, Charlotte würde es nicht bemerken, musste Sophie zu ihr hinübersehen und zugeben, dass sie nicht nur gut, sondern einfach klasse aussah. Die engen weißen Jeans passten perfekt zu ihrem Top. Und dazu ihre dicken kastanienbraunen Haare, zwischen denen ihre grünen Augen hervorblitzten.

Sophie kam sich im Vergleich wie eine graue Maus vor, die zufällig einen Glückstreffer gelandet hatte. Hätte ihre Mutter die Kreta-Reise nicht gewonnen, wäre sie einem Jungen wie Nikos niemals begegnet.

Seufzend schaute sie aus dem Fenster. Draußen rauschte ein bunter Herbstwald vorbei. Bye-bye, Berlin, dachte sie. Dann kamen nur noch Felder, über denen ein diesiger Grauschleicher hing. Es sah nach Regen aus. Wenn sie auch noch ihre Gummistiefel anziehen musste, die ihnen Bronski eingebläut hatte mitzunehmen, dann sah sie vollends blöde aus.

Mewe riss sie aus ihren trüben Gedanken. »Guckt mal, ist das nicht schön?«

Der Zug schlängelte sich durch einen Wald und neben

dem Gleis fuhr ein offener Pferdewagen her. Der Mann auf dem Kutschbock winkte ihnen mit seinem Hut zu. Nach der nächsten Kurve war er samt Pferdewagen allerdings wieder außer Sicht. Bald darauf hielt der Zug quietschend an.

»Endstation!«, rief Zadek.

Genau so sah es auch aus. Der ganze Bahnhof bestand nur aus einem Schild und einem abgefackelten Fahrplan. Heidesee. Allerdings gab es hier weder See noch Heide, nur einen öden Kiefernwald. Sehnsüchtig schauten alle dem Zug nach, der weiter nach Dresden fuhr.

»Und jetzt?« Sophies Mitschüler sahen sich verloren auf dem Bahnsteig um.

»Sollten wir eigentlich abgeholt werden«, meinte Zadek und schaute Bronski fragend an.

»Keine Sorge«, beruhigte der ihn. »Auf meinen Bruder ist Verlass.«

Nach einer Weile tauchte der Kutscher mit dem Pferdewagen auf, den sie eben überholt hatten, und stellte sich als Bertold Bronski vor. Das Begrüßungskomitee des Baumhaushotels.

»Wie sollen wir denn alle in den kleinen Wagen reinpassen?«, fragte Charlotte.

»Der ist nur fürs Gepäck, Lady. Unsere Gäste laufen gern das kurze Stück«, meinte Bertold Bronski und fuhr mit ihren Taschen und Rucksäcken davon.

Niemand rührte sich. Das geht ja gut los, dachte Sophie.

»Na auf, Leute«, sagte Zadek aufmunternd. »Wir wollen heute noch ankommen.«

Murrend folgten sie ihm schließlich. Die Stimmung war total am Boden. Ihre Parallelklasse fuhr in den Alpen Ski, nur sie konnten hier zu Fuß durchs Gebüsch kriechen.

»Ich erzähl euch mal ein bisschen was über die Gegend«, sagte Zadek.

Sophie hatte sich bei Nikos eingehakt. Was interessierte sie die Eiszeit? Doch als er ihnen von einem toten Förster erzählte, gruselte sie sich doch ein wenig. Er war eines Abends zum Wildschweinschießen auf seinen Hochsitz geklettert. Es war Winter und hatte geschneit. Aber selbst die besten Biologen hatten später nicht erklären können, was für ein Tier das gewesen war, das den Förster derart erschreckt hatte, dass er einen Herzinfarkt bekommen hatte. Denn die Spuren, die man unter dem Hochsitz im Schnee gefunden hatte, waren riesig und absolut unbekannt. Man hatte den ganzen Wald nach diesem Tier durchkämmt, aber bis heute nichts gefunden.

»Das war bestimmt der Yeti«, kicherte Sophie.

Der Blick, der sie daraufhin aus Charlottes funkelnden Augen traf, sagte nur eines: DU KIND! Sophie erstarrte für einen Moment, dann drehte sie sich einfach zu Nikos um und gab ihm einen langen Kuss. Charlotte musste nicht glauben, dass sie sich von ein paar Blicken beeindrucken ließ. Genauso wenig wie von knappen Tops.

Plötzlich rief jemand: »Wahnsinn! Was ist das denn?«

Sie waren angekommen.

Als Sophie klein war, hatte sie im Garten von Oma Inge ein Baumhaus gehabt. Aber was sie jetzt vor sich sah, übertraf jegliche Vorstellung von einem Baumhaus. Sie standen in einem hohen Buchenwald und hoch oben in den Wipfeln thronte ein gemütliches Häuschen neben dem anderen. Sie waren alle aus Holz, aber jedes sah anders aus. Eines stand auf langen Stelzen wie die schiefe Blockhütte der russischen Waldhexe Babajaga; das daneben glich einer riesigen Holztonne mit Fenstern, zu der man über eine Wendeltreppe hinaufgelangte. Es gab auch ein kleines Holzschlösschen mit spitzen roten Dächern und zwei Türmen, die durch eine Hängebrücke verbunden waren. Aber das abenteuerlichste Baumhaus – das genau genommen gar kein Haus war, sondern ein dreieckiges Zelt – hing an einem dicken Ast frei in der Luft.

»Herzlich willkommen in den *Wipfelgipfeln*!«, sagte Bertold Bronski, der zwischen den nach oben starrenden Schülern aufgetaucht war.

Etwas so Romantisches hatte Sophie in ihrem ganzen Leben noch nicht gesehen. Wie gemütlich musste es erst drinnen sein? Vor allem nachts, wenn alles dunkel war.

»Und, habe ich euch zu viel versprochen?«, fragte Zadek lächelnd.

Bronski musste natürlich gleich wieder an der Stimmung sägen. »Wunderbar! Da wohnen wir ja mitten in unserem Projekt.«

»Und wo ist jetzt das Hotel?«, fragte Charlotte.

Aber niemand lachte.

»Wir gehen erst mal rüber in den Gemeinschaftsraum«, sagte Bronski. »Da gibt es gleich Mittagessen.«

Auch hier war alles aus Holz. Die langen Bänke, Tische, Fenster und Böden. Nur das Geschirr nicht. Es war schon für alle gedeckt.

»Was ist denn das?«, fragte einer der Jungen.

»Wildschwein«, erklärte Bertold stolz. »Gestern frisch geschossen.«

Mewe schüttelte sich. »Ich ess kein Fleisch!«

»Für die Vegetarier gibt's Gemüsesuppe.«

Sophie hob den Deckel einer der Terrinen hoch, in der grasgrünes Kraut schwamm.

»So, Leute«, sagte Bertold, nachdem sich alle wieder beruhigt hatten. »Die gute Nachricht ist, dass ihr an diesem Wochenende die Einzigen auf dem Gelände seid.«

»Und die schlechte?«

»Wie man's nimmt«, meinte er. »Unser Baumhaushotel befindet sich in einem Funkloch.«

Sofort rissen alle ihre Handys und Smartphones aus den Taschen. Das durfte doch nicht wahr sein! Da hockten sie ohne Verbindung zur Außenwelt mitten im Wald. Und auch noch allein!

»Willkommen in der Steinzeit«, sagte Zadek.

Doch niemand fand das lustig.

»Wir essen erst mal, würde ich sagen.« Bronski setzte sich

zu Zadek an den Tisch und tat sich vom Wildschwein auf. »Danach werden wir die Baumhäuser beziehen.«

»Kann man auch in dem Zelt wohnen?«, wollte Sophie wissen.

Bertold schüttelte bedauernd den Kopf. »Wir hatten gestern eine Hochzeitsgesellschaft hier und noch keine Zeit zum Abbauen. Das war quasi die Hochzeitssuite.«

Schade, dachte Sophie.

Charlotte warf ihr einen schadenfrohen Blick zu.

»Wer heiratet denn in so einer Einöde?«, stöhnte Luise.

»Eine Jagdgesellschaft aus Hessen«, sagte Bertold. »Bei uns ist jeder willkommen. Es gibt aber ein paar Regeln.«

»Jungen und Mädchen getrennt, außer Ehepaare!«, rief Charlotte.

Alle lachten. Nur Sophie nicht.

»Das meine ich nicht. Wie ihr seht, ist bei uns alles aus Holz.« Und dann zählte er jede Menge Verbote auf. Kein Feuer in den Baumhäusern, kein Lärm, kein Müll, auf den Wegen bleiben und die Tiere nicht erschrecken. Als er fertig war mit seiner Liste, fragte sich nicht nur Sophie, wie sie dieses Wochenende überstehen sollte. Alles, was Spaß machen könnte, war verboten. Und zu allem Unglück zog sie auch noch das Loser-Los bei den Schlafplätzen.

Damit es keinen Streit gab, ließ Bertold jeden einen kleinen Zettel aus seinem Hut ziehen. Und wer schlief im Schloss? Natürlich Charlotte! Und Nikos wohnte gleich in dem Türmchen gegenüber, sodass Charlotte nur über die

Hängebrücke laufen musste, um bei ihm zu sein! Gott musste echt ein nachtragender Typ sein. Nur weil sie ein Mal ein bisschen Quatsch im Dom gemacht hatte. Das war einfach ungerecht!

Sophie landete zusammen mit Luise in der russischen Hexenhütte, die am hinterletzten Ende des Platzes lag. Dahinter begann gleich das wilde Walddickicht. Wenigstens kamen noch Mewe und Marie dazu. Trotzdem war ihr zum Heulen zumute.

»So«, sagte Zadek, »ich schlage vor, alle beziehen ihr Quartier und wir treffen uns in einer halben Stunde wieder hier.«

Als Sophie mit Luise den Essensraum verließ, hörte sie Charlotte hinter sich leise lachen: »Ich wusste gar nicht, dass du mir deinen Schatz so freiwillig überlässt!«

# 30

»Wahnsinn!«, kreischte Mewe, die zuerst die krumme Holzleiter in ihr Baumhaus hochgestiegen war. »Das müsst ihr euch ansehen!«

Sophie wollte sich gar nichts ansehen. Sie hatte heute schon genug gesehen. Das reichte für den Rest des Tages.

»Ach, Sophie«, sagte Luise, der nicht entgangen war, was Charlotte gezischt hatte, »es ist doch trotzdem schön hier.«

Luise hatte ja Recht. Als sie alle vier in der Hexenhütte standen und aus den windschiefen Fenstern blickten, kam ein kleines bisschen Frieden in ihr Herz. Denn just im selben Moment schaute Nikos aus seinem Turmfenster und winkte ihr zu.

»Na, siehst du«, sagte Luise, »alles in Ordnung.«

»So einen Freund hätte ich auch gern«, schwärmte Mewe. »Sieht absolut toll aus, trägt dich auf Händen und wohnt auf einer Götterinsel.« Sie hatte ihre Tasche auf das Holzbett in der Nähe der Tür geworfen. »Wenn keiner was dagegen hat, schlafe ich hier.« Mewe traute der luftigen Behausung nicht ganz und wollte, falls nötig, als Erste auf der Leiter sein.

Sophie hatte sich ebenfalls schon entschieden, sie nahm das Bett unter dem Fenster, von dem aus sie zum Schloss hinüberschauen konnte. Denn die Vorstellung, Nikos nachts mit der Taschenlampe einen Gute-Nacht-Gruß zu schicken – daran konnte selbst Charlotte sie nicht hindern –, erfüllte sie mit Freude. Um genau zu sein, mit Schadenfreude.

Marie und Luise richteten sich in dem riesigen Doppelbett ein, das in der hinteren Ecke stand. »Ist doch gar nicht so schlecht hier«, meinte Marie. Denn die Hexenhütte war wirklich gemütlich. An der niedrigen Holzdecke hingen frische Kräuter zum Trocknen, sodass es wundervoll duftete. Und wenn man in seinem Bett lag, hörte man draußen das leise Rascheln der Blätter.

»Mir geht die Ruhe hier langsam auf die Nerven«, meinte Luise und trommelte einen wilden Rockrhythmus gegen die Tür ihrer luftigen Holzbude. »Wollen wir mal gucken, wie die Jungs so wohnen?«

»Jungs und Mädchen getrennt«, äffte Mewe Zadek nach.

»Gucken wird ja wohl noch erlaubt sein. Kommst du mit, Sophie?«

Ja, klar kam sie mit!

Als sie die Leiter zum blauen Turm der Jungs hinaufstiegen, hörte Sophie schon von unten Charlottes glucksendes Lachen. Mit einem mulmigen Gefühl klopfte sie an die schmale Holztür. Doch bei dem lauten Gekicher hörte das niemand. Mit einem Ruck machte sie die Tür auf. Im selben Moment zuckte sie zusammen. Mitten auf Nikos' Bett rekelte sich Charlotte in ihrem knallengen Top. Und neben ihr lag Nikos!

»Hi, Sophie«, sagte er verlegen, als er endlich Notiz von ihr nahm. Rasch erhob er sich und umarmte sie unbeholfen.

»Was ist denn los?«, rief Luise, die noch immer unter Sophie auf der Leiter stand und sich wunderte, warum Sophie sich nicht vom Platz bewegte. »Bist du festgefroren?«

Sophie hatte in der Tat das Gefühl, zu einem Eisklotz erstarrt zu sein. Charlotte grinste sie unverschämt an.

»Ich komm mit runter«, sagte Nikos schließlich und ließ Charlotte, wo sie war.

Wie betäubt stieg Sophie die Leiter wieder hinunter.

»Pass doch auf!«, rief Luise, die Sophies plötzlichen Richtungswechsel nicht mitbekommen hatte. »Du trittst mir auf die Hände!«

Auf solche Kleinigkeiten wie gequetschte Finger konnte Sophie gerade nicht achten. Das gab es doch gar nicht! Jetzt legte sich Charlotte schon in Nikos' Bett! Aber was hatte sie anderes erwartet? Sie hatte Charlotte den Krieg erklärt. Und das war sicher nur eine kleine Vorwarnung. Niemand legte sich ungestraft mit Charlotte an.

Als sie wieder auf dem Boden standen, holte Sophie erst mal tief Luft.

»Autsch!«, schimpfte Luise verärgert und pustete sich auf die schmerzenden Finger. »Ist dir da oben das Turmgespenst begegnet?«

Sophie antwortete nicht. Auch Nikos schaute betreten in die Gegend.

»Jetzt echt mal, was ist denn los mit euch?«, fragte Luise.

»Nichts«, erwiderte Nikos traurig.

Von wegen! Als ob das nichts wäre, was Sophie gesehen hatte.

»Wollen wir bisschen spazieren gehen?«, schlug er vor.

»Keine Lust!«, fuhr Sophie ihn an.

»Schade«, sagte er leise, dann ging er allein los.

Sophie schaute ihm wütend nach.

»Was war das denn eben?«, sagte Luise, nachdem er weg war.

Und da brach es aus Sophie heraus. Doch Luise tröstete sie kein bisschen. Stattdessen sagte sie: »Sophie, geh ihm nach! So treibst du ihn doch nur in Charlottes Arme.«

Aber Sophie hatte auch ihren Stolz. Warum sollte sie Nikos nachgehen? Hatte Charlotte auf ihrem Bett gelegen oder auf seinem?

# 31

»So«, sagte Bronski, »habt ihr euch schon alle auf die Gruppen verteilt?« Er schaute über seine Brille hinweg auf seine Liste. »Wer fehlt noch?«

Niemand meldete sich. Sophie schaute verstohlen zu Nikos. Der hatte sich nach seinem Alleinspaziergang zu Marvin und Ole gestellt. Die Ersten litten bereits unter Handy-Entzug und schüttelten ihre Geräte in der Hoffnung, doch ein wenig Empfang zu erwischen.

»Ihr könnt euch gleich betätigen«, tröstete sie Zadek. »Sophie, für welche Gruppe entscheidest du dich? *Regenwürmer* oder *Buntspechte?*«

Gibt's auch die Gruppe *Idioten?*, dachte sie. Denn es tat ihr furchtbar leid, dass sie Nikos vorhin hatte einfach gehen lassen. Doch das konnte sie jetzt nicht mehr rückgängig machen.

»Sophie«, sagte Zadek, der langsam genervt klang, »so schwer kann das doch nicht sein.«

Wenn Zadek wüsste! Nur sie, Charlotte und Nikos hatten noch keine Gruppe gewählt. Das war wie Lottospielen. Hilfe suchend sah sie zu Luise. Die hämmerte plötzlich wie wild mit ihren Fingern gegen einen Baumstamm.

»*Buntspechte*«, sagte Sophie erleichtert.

»In Ordnung. Dann sind Charlotte und Nikos bei den *Regenwürmern.* So gehen die Gruppen gleich auf.«

Sophie riss die Augen auf. »Was? Wieso?«

Charlotte grinste, als sie mit Nikos loszog. Der würdigte Sophie nach wie vor keines Blickes. Mach was!, flehte sie innerlich. Irgendwas! Wenn er sich doch wenigstens ein Mal umdrehen würde. Ein einziges Mal nur. Aber Charlotte hatte ihn untergehakt und in ein Gespräch verwickelt. Und dann waren sie mit Bronski und dem Rest der Gruppe im Wald verschwunden. Toll gemacht, ganz toll, Sophie Fischer! Sie biss sich auf die Unterlippe, bis es blutete.

»Ich hab dir gleich gesagt, dass du mit ihm spazieren gehen sollst«, sagte Luise. »Aber auf mich hört ja keiner.«

»Hab ich doch«, verteidigte Sophie sich. »Warum hast du denn gegen den Baum getrommelt? Ich dachte, du meinst die *Buntspechte.*«

»Sophie, das ist der neueste Hit unseres Schulorchesters. Den habe ich getrommelt, damit ich ihn nächste Woche kann. Schon vergessen? Wegen dir bin ich neulich aus der Probe gerannt.«

Stumm schaute Sophie auf ihre Turnschuhe. Ihr war zum Heulen zumute. Sie verstand nicht, wie das alles hatte passieren können. In zwei Tagen flog Nikos wieder heim und jetzt hatte sie sich mit ihm gestritten.

»Wie kriege ich das denn wieder hin?«, fragte sie Luise verzweifelt.

Die zuckte mit den Schultern.

»Dann können wir endlich los«, sagte Zadek erleichtert. »Bis zum Abendbrot wollen wir schließlich wieder zurück sein.«

Sophie stürmte voran, vielleicht holten sie die *Regenwürmer* ja noch ein. Doch als sie an die erste Wegkreuzung kam, war niemand mehr zu sehen.

»Du kannst es ja kaum erwarten«, sagte Zadek lachend und drückte Sophie ihr Projektblatt in die Hand. Darauf waren jede Menge Vögel abgebildet, nach denen sie Ausschau halten sollten. Zunächst mal sah Sophie aber nur Bäume. Wie langweilig.

»Hier sind keine Vögel!«, beschwerte sie sich.

»Ihr müsst schon leise sein«, sagte Zadek, »sonst verscheucht ihr sie alle.«

In tiefem Schweigen schlichen sie über den Waldweg. Aber statt auf Vogelstimmen zu hören, waren Sophies Ohren nur auf Charlottes und Nikos' Stimmen geeicht. Waren sie das nicht eben? Sie blieb kurz stehen und lauschte in die Richtung, aus der das Geräusch gekommen war. Er lachte mit Charlotte? Sie ging ein paar Schritte zurück und lauschte erneut. Nichts. Sie musste sich getäuscht haben. Als sie sich wieder umdrehte, waren Zadek und die anderen wie vom Erdboden verschwunden.

»Luise!«, rief Sophie.

Auch das noch! Die konnten sich doch nicht alle plötzlich in Luft aufgelöst haben! Aber als sie nach einer halben Stunde immer noch niemanden gefunden hatte, breitete sich langsam Panik in ihr aus. »Luise! Marie!«, brüllte sie jetzt, so laut sie konnte.

Aber niemand antwortete. Da musste Sophie sich eingestehen, dass sie sich verlaufen hatte. Charlotte würde sich schlapplachen, wenn sie das erfuhr. Sie setzte sich auf einen umgestürzten Baum und sah sich hilflos um. Hier würden weder Feuerwehr noch Rettungshubschrauber kommen. Nur eine kleine Maus lief vorbei und schnupperte an Sophies linkem Turnschuh. Sie hielt Sophie wahrscheinlich für einen Baum, weil sie sich nicht bewegte. Und dann landete ein großer schwarzer Vogel genau an dem Baum gegenüber. Sophie beobachtete, wie er in die Borke hämmerte. Wahnsinn, das war ein Schwarzspecht.

Ein Rascheln ließ Sophie zusammenzucken. Etwas bewegte sich schnaubend durch das dichte Gebüsch hinter ihr. Hektisch suchte sie die umstehenden Bäume ab. Doch das waren alles Buchen mit Stämmen glatt wie eine Rutschbahn und die ersten rettenden Äste begannen erst meilenweit über dem Boden. Das Schnauben kam immer näher. Langsam erhob sich Sophie von ihrem Baumstamm, jeden Moment dazu bereit, die Flucht anzutreten. Doch da stand das Vieh bereits hinter ihr! Mit gesenkten Hörnern starrte es sie an. Dickes, zotteliges Fell hing in Fetzen von seinen breiten Schultern. Es scharrte ungeduldig mit den Vorderhufen. Als es eines seiner schweren Beine hob, sah sie die riesigen Spuren, die es in dem weichen Waldboden hinterließ. Der Yeti!, durchfuhr es sie und sie stürzte schreiend davon.

# 32

»Wo warst du denn?«, schimpfte Luise. »Du gehst spazieren und wir machen hier die ganze Arbeit!«

Keuchend wischte sich Sophie den Schweiß von der Stirn. »Ich, ich ...«, stotterte sie, heilfroh, ihre Gruppe wiedergefunden zu haben, »ich habe einen Schwarzspecht beobachtet.«

»Wunderbar«, meinte Zadek. »Damit habe ich gar nicht gerechnet, dass den einer von euch entdeckt.«

Was Sophie außerdem noch gesehen hatte, behielt sie lieber für sich. Es war schon peinlich genug, dass sie sich fast verlaufen hatte. Und den Yeti würde ihr sowieso niemand glauben. Also stolperte sie neben Luise durch den Wald. Doch als sie sich von dem Schrecken erholt hatte, kreisten ihre Gedanken wieder um ein und dasselbe: Was Nikos und Charlotte jetzt machten!

Vielleicht ging er mit ihr Hand in Hand durch den Wald? Oder er küsste sie! Oh Gott, das hielt sie einfach nicht mehr aus! Wie lange dauerte das denn noch? Es wurde schon langsam dunkel. Doch Zadek konnte nicht genug kriegen. Er wollte unbedingt, dass sie die beste Gruppe wurden. Aber wenn sie hier noch lange herumschlichen, waren die anderen bestimmt als Erste zurück. Und Charlotte würde wieder in Nikos' Turm landen. Sie mussten los, und zwar dringendst. Luise konnte sich aber nicht von dem Wald trennen.

»Hör doch mal«, nervte sie Sophie, »wie der Specht trommelt.«

»Ja, sehr schön.«

»Wenigstens Luise weiß unsere heimischen Vögel noch zu schätzen«, sagte Zadek lächelnd.

Luise dachte aber einzig an ihre Rockkariere. »Geiler Rhythmus«, murmelte sie. »Den muss ich mir merken.«

Als sie endlich aus dem Wald zurück waren, saßen die anderen schon beim Abendbrot. Nikos schaute Sophie nur kurz an, als sie den Essensraum betrat, dann wandte er sich wieder Charlotte zu, die dicht neben ihm saß.

Sophie holte tief Luft, um ihrer Entrüstung Luft zu machen.

»Jetzt nicht!«, zischte Luise und zerrte sie weiter.

»Warum denn nicht?«, zischte Sophie zurück.

Luise drückte sie auf einen freien Stuhl am Nachbartisch. »Weißt du, was dein größtes Problem ist, Sophie Fischer? Dein Timing! Vorhin hättest du ihn nicht allein gehen lassen sollen. Vorhin! Jetzt ist es zu spät.«

Das musste in der Familie liegen. Sophie schaufelte sich wütend einen Berg Nudelsalat auf ihren Teller. Aber wieso sollte sie mit jemandem spazieren gehen, der lieber eine andere auf seinem Bett liegen hatte? Das konnte doch nur eines bedeuten: Nikos liebte sie nicht mehr. Sophie wurde ganz schlecht bei dem Gedanken.

»Hey, noch einer zu Hause?« Luise pochte an ihre Stirn. »Nachher gibt’s ein Lagerfeuer«, sagte sie in dem Versuch, Sophie aufzuheitern.

Ja, toll, da konnte sie dann zuschauen, wie die beiden einen auf Romantik machten. Vor lauter Verzweiflung schaufelte sie noch eine zweite Fuhre Nudeln auf ihren Teller. Zumindest essen konnte sie, bis sie umfiel, ohne ein Gramm zuzunehmen.

»Lass uns rausgehen«, sagte Luise, als sie fertig waren, denn sie konnte nicht mehr mitansehen, wie ihre beste Freundin litt.

Draußen schleppten einige der Jungen schon Holz fürs Feuer zusammen.

»Komm, wir helfen ihnen«, schlug Luise vor und drückte Sophie einen Holzscheit in die Hand. Selbst nahm sie sich einen Stapel alter Zeitungen, den Bertold ihnen fürs Anmachen hingelegt hatte.

Niedergeschlagen trug Sophie das Holz zum Feuerplatz und warf es auf den Stapel. Sie hatte doch nicht ahnen können, dass Nikos sie einfach so im Stich lassen würde, mitten in der brandenburgischen Pampa.

»Guck mal!«, rief Luise plötzlich. Sie hielt eine der alten Zeitungen hoch. »Hier steht, in Heidesee spielt heute Abend eine Band. *Albatros* heißen die. Da müssen wir hin!«

»Träum weiter«, sagte Sophie. »Das erlaubt uns Zadek doch nie.«

»Wer sagt denn, dass wir ihn um Erlaubnis bitten?«

»Und was soll ich da ohne Nikos?«

»Sophie, du musst schon ein bisschen mitdenken!«, stöhnte Luise.

Da kam Nikos aus dem Essensraum und steuerte geradewegs auf sie zu.

»Hi, Sophie«, sagte er und schaute sie verlegen an.

»Hi«, presste sie hervor.

Luise stieß ihr in den Rücken.

»Wie war's bei den *Regenwürmern*?«, fragte Sophie.

Er zuckte mit den Schultern.

Luise stieß sie noch einmal.

»Wollen wir spazieren gehen?« Blöde Idee, dachte sie sofort. Im Wald war es jetzt stockdunkel, da sah man die Hand vor Augen nicht mehr.

»Sorry«, sagte er. »Ich helfe den Jungs beim Holzholen.«

Dann lief er weiter.

»Du darfst nicht so schnell aufgeben«, sagte Luise, als Nikos außer Hörweite war.

Doch als sie Sophies traurigen Blick sah, legte sie den Arm um ihre Schulter. »Komm«, sagte sie, »wir setzen uns erst mal ans Feuer.«

Die Jungs hatten inzwischen einen riesigen Holzstapel aufgeschichtet. Einige der Mädchen hatten es sich drum herum mit Decken gemütlich gemacht. In den Kronen der umstehenden Bäume flammten kleine Sternenlichter auf und vor den Baumhäusern leuchteten bunte Laternen. Als

Bertold das Holz anzündete, schossen die Flammen prasselnd in die Höhe.

Sophie musste an das kleine Feuer am Strand denken, das Nikos an ihrem letzten Abend auf Kreta für sie angezündet hatte. Wie verliebt er da noch in sie gewesen war! Am liebsten hätte er sie in dem kleinen Strandhaus für immer und ewig versteckt, damit sie nicht von ihm fortmusste. Und nun? Saß er bei den anderen Jungs und unterhielt sich mit ihnen über den morgigen Tag im Klettergarten. Ohne sie zu beachten!

»Was ist denn los mit dir, Sophie?«, fragte Zadek und setzte sich neben sie.

Sophie kämpfte mit den Tränen. Alle ihre Mitschüler hatten sich mittlerweile um das Feuer versammelt. Bertold hatte seine Gitarre ausgepackt und spielte ein paar Lieder. Am liebsten hätte Sophie sich in das Hexenhaus verkrochen, doch Charlotte saß ihr genau gegenüber und wartete nur darauf, dass Sophie das Feld räumte.

So schniefte sie nur ein leises »Hm«, das aber bedrohlich Schlagseite bekam, als Zadek sagte: »Ist das nicht romantisch hier?«

Ohne Nikos an ihrer Seite konnte ihr alle Romantik gestohlen bleiben.

Als das Feuer nur noch ein glimmender Aschehaufen war, verabschiedete sich Bertold mit seiner Gitarre und wünschte allen eine angenehme Nacht.

Das war's dann wohl, dachte Sophie. Sie hatte so gehofft, Nikos würde sich noch zu ihr setzen.

»In einer halben Stunde seid ihr alle auf den Bäumen«, verabschiedete sich auch Zadek und ging mit Bronski schon mal in Richtung ihrer Schlafhütte davon. Wenig später folgten ihnen die ersten Schüler, denn nach dem stundenlangen Waldgesuche waren die meisten ziemlich erschöpft. Außerdem würden sie morgen früh aufstehen müssen, um in den Klettergarten zu fahren.

Sophie hatte Nikos die ganze Zeit nicht aus den Augen gelassen. Er saß neben Marvin, rührte sich keinen Millimeter und starrte in die verglühenden Feuerreste. Ein paarmal trafen sich ihre Blicke. Er schien auf etwas zu warten, aber Sophie wusste nicht, worauf. Jetzt oder nie, dachte sie und stand auf.

»Ich geh mit Luise in die Disco«, verkündete sie laut.

»Klar, in die Bettflohdisco«, amüsierte sich Charlotte.

Sophie warf ihr einen eisigen Blick zu. »In Heidesee spielt heute Abend eine Rockband. Kommst du mit, Nikos?«

»Krass«, kicherte Mewe. »Zadek kriegt 'nen Herzinfarkt.«

»Dürfen Jungfrauen wie du da überhaupt schon hin?«, fragte Charlotte und lächelte Nikos dabei an.

Sophie wurde knallrot, das konnte man selbst im Dämmerschein des heruntergebrannten Feuers sehen. Sie schämte sich so sehr, dass sie keinen klaren Gedanken mehr fassen konnte. Nikos rührte sich noch immer nicht, vielleicht hatte er das, was Charlotte gesagt hatte, nicht verstanden. Aber alle anderen hatten es verstanden. Sophie spürte, wie ihr die Tränen kamen. Alles verschwamm vor ihren

Augen. Nur weg von hier! Sie wollte losstürzen, aber eine Hand hielt sie fest. »Also, was ist, Nikos?«, wiederholte Luise Sophies Frage. »Kommst du mit?«

»Tanzen? Gern«, sagte er.

»Wir kommen natürlich beide mit«, fügte Charlotte hinzu und betonte das *Wir* nahezu unverschämt.

»Und was ist mit euch anderen?«, fragte Luise, ohne sie weiter zu beachten.

»Klar«, sagte Mewe.

Marvin und Marie hatten ebenfalls Lust auf einen kleinen Ausflug.

Auch alle anderen verdrückten sich mit bedauerndem Kopfschütteln. »Das gibt bloß Ärger«, meinte Ole, »wenn das rauskommt.«

»Es wird nicht rauskommen, wenn keiner petzt«, sagte Luise. »Wir treffen uns in einer halben Stunde hinten bei den Feuerlöschern.«

# 33

Im Babajaga-Haus wurde erst einmal Hexenrat gehalten. »Mädels, wir müssen Sophie helfen«, sagte Mewe.

Die lag ausgestreckt auf ihrem Bett und heulte. Luises Vorschlag, tanzen zu gehen, war ein letzter Hoffnungsschimmer am Horizont gewesen. Doch nach Charlottes niederschmetterndem Satz wagte Sophie sich nicht mehr aus dem Baumhaus. Dabei hatte sie nur noch einen Tag, dann flog Nikos wieder nach Kreta. Schluchzend wischte sie sich die Tränen aus dem Gesicht.

»Was ist denn los?«, fragte Luise. »Er kommt doch mit.«

Sophie starrte an die Decke, wo die Kräuter zum Trocknen hingen. Lavendel war auch dabei, der Lieblingsduft ihrer Mutter. Da musste sie gleich wieder heulen. Ulrike verbrachte sicher ein superromantisches Wochenende.

»Wir können einfach nicht zulassen«, sagte Mewe, »dass Charlotte ihr Nikos ausspannt.«

»Aber genau das wird sie tun. Darin ist sie Meisterin. Oder hast du schon vergessen, wie sie dir Sascha weggeschnappt hat?«, erinnerte sie Marie.

Die schimpfte aufgebracht: »Die blöden Kerle fallen jedes Mal auf ihr albernes Powackeln rein.«

Sophie hatte sich auf die Bettkante gehockt. »Ich muss euch mal was fragen. Habt ihr denn schon alle … Ich meine …«

Luise setzte sich neben sie. »Nee, ich habe noch nie mit jemandem geschlafen, wenn du das meinst. Und ihr, Mädels?«

Mewe und Marie schüttelten den Kopf. Auch Marie gab zu, noch Jungfrau zu sein.

»Aber warum habt ihr immer das Gegenteil behauptet?«

»Damit wir Ruhe vor Charlotte haben, Süße.«

Sophie war noch nie so erleichtert gewesen. Selbst als Wolfgang sie in Kreta aus dem Knast befreit hatte, war sie nicht so froh gewesen.

»Danke«, hauchte sie.

Da hörten sie Zadek von unten rufen: »Alle an Bord da oben?«

Kichernd rissen sie ein Fenster auf und riefen im Chor: »Aye, aye, Sir!«

»Dann gute Nacht!«

»Die werden wir bestimmt haben«, meinte Luise und machte das Fenster rasch wieder zu. »Nun zu der alles entscheidenden Frage: Was ziehen wir an?«

Im Nu flogen die Klamotten aus ihren Taschen und Rucksäcken. Doch die Ausbeute war mager. »Sophie ist heute die Königin der Nacht«, sagte Luise. »Und so sollte sie auch aussehen.«

Sophie fühlte sich zwar alles andere als königlich, aber als jedes der Mädchen ihre Kostbarkeiten rausrückte, war sie einfach nur dankbar. »Ihr seid echt toll«, murmelte sie, als sie sich in dem kleinen Wandspiegel betrachtete, mit Luises neuer Jeans, Maries weißem engen Top und Mewes roten Ohrringen.

»Du siehst umwerfend aus«, sagte Luise, als Sophie sich noch einmal im Kreis drehte. »Aber jetzt müssen wir uns beeilen.«

Die Jungs warteten schon bei den Feuerlöschern. Von Charlotte war weit und breit nichts zu sehen. Vielleicht hatte sie es sich doch anders überlegt. Sophie atmete erleichtert auf. »Dann können wir ja los.«

»Weiß denn jemand, wie wir da hinkommen?«, fragte Marvin leise.

»Immer geradeaus«, beruhigte ihn Luise. »Laut der Wanderkarte im Speiseraum können wir es nicht verfehlen.«

Doch als sie wenige Meter in den Wald hineingelaufen waren, und es um sie herum immer dunkler wurde, wurde ihnen schon etwas mulmig zumute. Zum Glück hatte Sophie ihre Taschenlampe dabei. Nikos ging ein Stück vor ihr.

»Und das ist wirklich der richtige Weg?«, fragte Mewe.

Luise kicherte leise. »Das werden wir am Ende ja sehen.«

Es war rabenschwarz zwischen den Bäumen. Sophie fiel der Yeti ein. Bei jedem Knacken fuhr sie zusammen. Einmal berührte Nikos zufällig ihre Hand, doch er hielt sie nicht fest.

Als sie die ersten zehn Minuten durch den Schauerwald geschafft hatten, hörten sie jemanden hinter sich. Die Schritte kamen rasch näher. »Ey«, japste Charlotte, »warum habt ihr nicht gewartet?«

Nikos und Marvin strahlten, doch die Mädchen starrten sie eisig an.

»Was denn?«, fragte Charlotte. »Oder wollt ihr, dass ich Zadek melde, dass ich nicht mitdurfte?« Mit einem Schulterzucken hakte sie sich wie selbstverständlich bei Nikos unter.

Sophie stand ohnmächtig daneben. Erst als Luise einen Arm um ihre Schultern legte, lief sie weiter. Bis auf das Rauschen des Waldes herrschte eine unheimliche Stille. Jeder starrte nur auf den dunklen Weg, der voller Wurzeln war. Obwohl es immer kälter wurde, schwitzte Sophie. Vor lauter Angst und vor Verzweiflung. Charlotte nahm sich die Jungs, als ob sie ihr Besitz wären. Sophie konnte das nicht. Sie hielt es auch nicht für richtig. Nikos sollte freiwillig mit ihr zusammen sein.

»Wie lange dauert das denn noch?«, fragte Marvin nach einer Weile.

»Auf der Karte waren es zwei Kilometer«, beruhigte ihn Luise.

»Dann müssten wir bald da sein.«

Aber danach sah es nicht aus. Der Wald war noch immer höllenschwarz. Nirgendwo ein Licht, nur die kleine Funzelei der Taschenlampe. Irgendwo rief ein Käuzchen. Sophie musste an ihr erstes Date auf dem Friedhof auf Kreta denken. Wie schaurig-schön das gewesen war, als Nikos dort das erste Mal ihre Hand gehalten hatte. Ganz vorsichtig, als fürchtete er, sie zu zerbrechen. Wie konnte er das alles nur vergessen haben?

»Da vorn«, rief Marie plötzlich. »Ich seh Licht!«

Tatsächlich schimmerte ein schwacher Schein durch die Bäume, der sich beim Näherkommen als Straßenlaterne neben einer einsamen Bushaltestelle auf einer noch einsameren Landstraße herausstellte. Nirgendwo war ein Dorf zu sehen.

Sophie fror wie verrückt in ihrer dünnen Jacke. Hätte sie bloß ihren Anorak angezogen, doch sie wollte ja unbedingt gut aussehen, damit Nikos sie wieder beachtete.

»Hört mal, da kommt was«, sagte Charlotte unvermittelt.

Aus dem Dunkel tasteten sich zwei Scheinwerferkegel auf sie zu, bis ein klappriger Gemüsewagen neben ihnen zum Stehen kam.

»Habt ihr euch verlaufen?«, fragte der Fahrer.

»Wir wollen nach Heidesee zum *Albatros*-Konzert«, sagte Charlotte.

»In den *Hühnerstall?* Immer geradeaus. Ihr könnt es gar nicht verpassen.« Hupend fuhr er weiter.

»Er hätte uns ruhig mitnehmen können«, maulte sie.

Luise war jetzt nicht mehr zu bremsen. Sie packte Sophies Hand und verfiel auf der leeren Landstraße in ihr Morgens-zur-Schule-rennen-Tempo.

Geradeaus dauerte noch eine Viertelstunde, dann waren sie endlich da. Der *Hühnerstall* schien ein echter Geheimtipp zu sein. Der Parkplatz war total überfüllt, die tiefen Bässe wummerten schon bis draußen.

»Klasse!«, rief Luise, als sie die schwere Eingangstür aufstemmte.

Als ein Mädchen nach dem anderen das Lokal betrat, wurden sie von lautem Klatschen begrüßt. Damen waren hier Mangelware. Das war allerdings auch keine nette Stranddisco, das war schwerer Hardrock, den die Band von sich gab. Luise strahlte, Charlotte verzog das Gesicht. Auch Sophie war das Dröhnen aus den Boxen ein wenig zu laut. Doch nun waren sie hier. Und niemand hatte ihre Ausweise sehen wollen.

Die Band bestand aus vier drahtigen Typen mit langen Haaren, die ihrer Jugend hinterherspielten. Aber das tat der Stimmung keinen Abbruch. Ihre Fangemeinde stand jubelnd in der ersten Reihe, während der Rest den Saal rockte. Zwei der Dorfjungen hatten sofort ein Auge auf Marie und Mewe geworfen. Die beiden ließen sich nicht lange bitten. Sophie hingegen stand am Rand und hatte nur Augen für Nikos. Der hatte sich an der Bar eine Cola geholt. Charlotte hockte maulend neben ihm auf einem Barhocker. Niemand hatte sie gezwungen mitzukommen!

Schließlich forderte Nikos Charlotte zum Tanzen auf. Und als die beiden sich auf der Tanzfläche bewegten, bekam Sophie eine Offenbarung. Es gab doch tatsächlich etwas, das Charlotte nicht konnte. Vielleicht lag es auch an der Musik – Charlotte war steif wie ein Brett! Sie konnte absolut nicht tanzen. Nikos hingegen machte eine klasse Figur. Viel Spaß schien er allerdings mit Charlotte nicht zu haben. Trotzdem fühlte Sophie sich beim Anblick der beiden betrogen. *Sie* sollte dort jetzt mit Nikos tanzen und niemand sonst.

Plötzlich brach die Musik mitten im Lied ab. Alle Köpfe drehten sich zur Bühne. Was macht denn Luise da oben?, dachte Sophie verwundert.

Der Bassist brüllte ins Mikro: »Heute Abend haben wir einen Special Guest. Begrüßt mit mir Luise Krüger!«

Das Publikum klatschte wie verrückt. Luise winkte ihnen zu, dann tauschte der Schlagzeuger mit ihr den Platz. Wahnsinn, dachte Sophie, was sich ihre Freundin traute. Keine zehn Pferde hätten sie auf diese Bühne bekommen. Der Bassist fragte Luise noch leise etwas, worauf sie nur nickte. Und dann ging es los.

Sophie erkannte es gleich nach den ersten Takten, das war ihr Lieblingslied. Luise spielte nur für sie. *Flying in Heaven!* Leider fühlte sie sich momentan gar nicht, als würde sie durch den Himmel fliegen. Eher wie festgenagelt am Boden. Doch wenn Luise sich traute, traute sie sich auch. Nikos stand mit seiner Cola wieder an der Bar, Charlotte war auf dem Klo verschwunden.

»Wollen wir tanzen?« Sophie war einen Schritt auf Nikos zugegangen. Ihre Stimme zitterte bei der Frage.

Er antwortete etwas auf Griechisch, das sie nicht verstand.

Da zog sie ihn einfach auf die Tanzfläche. Aber das war nicht mehr ihr Nikos, der da mit ihr tanzte. Es war, als würde sie einen völlig Fremden umarmen. Als Luise das letzte Mal den Refrain sang, nahm Sophie all ihren Mut zusammen.

»Nikos, was ist los?«

Er schüttelte nur den Kopf.

Nichts? Sie sah doch, dass etwas nicht stimmte.

»Bitte, rede mit mir!«, flehte sie ihn an.

»Du musst mich nicht lügen«, sagte er schließlich.

»Wieso denn lügen?« Sophie verstand kein Wort. Sie hatten jetzt aufgehört zu tanzen.

»Dass du mich nicht mehr liebst.«

Die letzten Takte ihres Lieblingsliedes verklangen, aber Sophies Himmel stürzte gerade direkt in die Hölle. »Das stimmt nicht«, stammelte sie.

Nikos schaute sie traurig an. »Du bist jetzt mit Sebastian zusammen.«

Sophie schnappte nach Luft. Das wurde ja immer schöner! Sie stemmte die Hände in die Seiten und funkelte Nikos wütend an.

Plötzlich stand Luise neben ihr. »So schlimm habe ich auch nicht gespielt, dass du gleich in die Luft gehen musst!«

Nikos schaute zu Boden, während er sagte: »Du hast Charlotte Sebastian weggenommen.«

»Habe ich gar nicht!«, protestierte Sophie. »Das ist doch alles gelogen!«

Hilflos zuckte Nikos mit den Schultern. »Charlotte hat gesagt, dass du abstreitest alles.«

Das durfte doch nicht wahr sein! Wieso glaubte Nikos nicht ihr, sondern dieser falschen Schlange? Da setzte die Band wieder ein und spielte ihren Alt-Herren-Rock, der aber noch rockig genug war, um Sophie fast das Gehör wegzusprengen. Okay, dachte sie, sie konnte nicht reiten, niemand holte sie mit einem Porsche von der Schule ab, sie hatte weder Pferd noch Vater und eine große Leuchte in der Schule war sie auch nicht. Aber sie hatte noch eine Chance. Und sie tanzte um ihr Leben. Sie stampfte all ihren Zorn in den Boden, schüttelte sich die Wut aus den Armen und Beinen und rockte, was das Zeug hielt, so dass sich selbst die Fangemeinde aus der ersten Reihe umdrehte und klatschte.

Und dann tat sie etwas, das sie sich selbst niemals zugetraut hätte. Sie ging nach vorn und kletterte auf die Bühne. Der Bassist grinste verwundert und sagte: »Haben wir etwa noch ein Talent?«

Sophie lief mit zitternden Knien an ihm vorbei und stellte sich ans Mikro. Die Musik war verstummt und alle schauten zur Bühne. Jetzt oder nie, ermutigte sie sich beim Anblick der vielen erwartungsvollen Gesichter. Wenn sie nicht gleich anfing, würde sie sich furchtbar blamieren.

»Nikos, ich liebe dich«, sagte sie und schaute ihn dabei an. »Und wenn du was anderes glaubst, bist du ein Esel!«

Zuerst herrschte erstauntes Schweigen, dann brandete ein so begeistertes Klatschen und Pfeifen durch den Saal, dass

Sophie rasch wieder von der Bühne floh. Unten musste Luise sie auffangen, so sehr zitterten ihre Knie.

»Sophie!«, rief Luise. »Du bist echt der Wahnsinn! Das hätte ich mich nie getraut.«

Mit Trauen hatte das wohl weniger zu tun gehabt, eher mit Verzweiflung. Und ob es was genützt hat, würde sich erst noch zeigen. Selbst die Altrocker waren gerührt und begannen ein rauchiges *You are so beautiful* zu spielen.

Nikos stand mit knallrotem Kopf da. Irgendjemand schubste ihn ein Stück auf Sophie zu. Und endlich legte er die Arme um sie und zog sie dicht zu sich heran. *You are so beautiful,* sang der Bassist. Sophie schmiegte ihren Kopf an Nikos' Schulter und ließ sich von ihm zu der Musik wiegen. *You are so beautiful,* sang es ganz tief in ihr. Und das erste Mal kam Sophie sich auch so vor. Wunderschön!

Leider wechselten die Alt-Rocker danach das Prinzentraumprogramm. Aber Sophie war glücklich. Nikos liebte Sophie und Sophie liebte Nikos und alles war in Ordnung.

Wer nun allerdings nicht im Schmetterlingshimmel schwebte, war Charlotte. Während Sophie mit Nikos tanzte, ließ sie sich ein Bier nach dem anderen spendieren. Als sich Sophie für eine kurze Pause mit Nikos an der Bar eine Cola teilte, prostete Charlotte ihr mit einem großen Glas zu. Dass sie Nikos nicht um den Finger wickeln konnte wie all die anderen Jungs, konnte sie nur schwer ertragen.

# 34

Als sich später alle auf den Heimweg machen wollten, hatten sie ein Problem. Charlotte war total betrunken und wollte nicht mitkommen.

»Dann lassen wir sie eben hier«, sagte Marvin wütend.

»Spinnst du? Und was sagen wir morgen Zadek?«, meinte Mewe.

»Keiner mag mich!«, heulte Charlotte und die Schminke lief ihr übers Gesicht.

Eigentlich hätte Sophie sich freuen sollen, doch irgendwie tat Charlotte ihr leid. Außerdem hatte Mewe Recht. Charlotte musste mit, egal wie. Schließlich nahmen Sophie und Nikos sie in die Mitte, denn Charlotte konnte sich kaum auf den Beinen halten. Als sie die Disco verließen, war es kurz nach Mitternacht. Draußen hing ein strahlend kalter Mond am Himmel. Dichter Herbstnebel quoll über die Landstraße.

Als sie die Bushaltestelle erreicht hatten, riss Charlotte sich los und legte sich auf die Wartebank. Sie wollte schlafen. Doch die anderen zogen sie wieder hoch. Jetzt übernahmen Mewe und Marvin das Abschleppkommando. Es war eiskalt und Sophie fror entsetzlich. Mit Charlotte kamen sie aber nur im Schneckentempo voran.

»Hört mal!«, sagte Luise plötzlich, die mit der Taschenlampe voranging. »Da war eben ein Geräusch.«

*»You are so beautiful!«*, brüllte Charlotte.

»Scht!«, zischte Luise.

Sie waren alle stehen geblieben. Jetzt hörte Sophie es auch. Irgendwo in dem rabenschwarzen Wald war ein Schnauben unterwegs, das ihr bekannt vorkam.

»Lasst uns lieber weitergehen«, flüsterte sie.

Doch Charlotte begann wieder, laut zu singen. »Youhaarsooopjutivoll!«

»Halt die Klappe!«, schimpfte Marvin. Er hatte das Schnauben jetzt auch gehört.

Luise knipste die Taschenlampe aus. »Dann sieht es uns vielleicht nicht.«

Marvin hielt Charlotte den Mund zu. Die biss ihn aber in die Hand.

»Aua!«, fluchte er laut.

Neben ihnen knacken Zweige. Es war da. Keine drei Meter von ihnen entfernt. Jetzt schwieg selbst Charlotte und lauschte angstvoll. Schwerfällig schob sich etwas auf den Weg und blieb dort stehen. Sein Atem ging stoßweise in der Dunkelheit. Sollten sie wegrennen? Aber mit Charlotte schafften sie das nicht.

»Ich will es sehen«, flüsterte Luise leise.

»Bist du verrückt?«, zischte Sophie.

Doch da flammte die Taschenlampe schon auf. Vor ihnen stand ein riesiges Fellungetüm und starrte sie kauend an.

Charlotte rülpste erschrocken. »Der Yeti!«

Das Vieh kam einen Schritt auf sie zu.

»Du bisabba niedlich«, lallte sie. »Aber nu ab zu deine Mutti!«

Sophie riss die Augen auf, denn das Fellmonster trollte sich wirklich davon. Als es wieder im Wald verschwunden war, packten sie Charlotte und rannten so schnell es ging Richtung Baumhaushotel. Nach einer gefühlten Ewigkeit sahen sie einen Lichtschein am Ende des Wegs und atmeten auf. Doch jetzt hatten sie ein noch viel größeres Problem. Wohin mit Charlotte, ohne dass sie jemanden aufweckte?

Zu den anderen Mädchen in ihren Schlossturm konnten sie sie unmöglich hinaufschaffen, so betrunken, wie sie war. Da blieb nur das Babajaga-Haus. Charlotte hatte sich inzwischen unten an die Treppe gesetzt und war auf der Stelle eingeschlafen. Wenigstens war sie endlich still.

»Wie bekommen wir sie denn da rauf?«, flüsterte Luise hektisch.

Wenn Zadek und Bronski auftauchten, flogen sie garantiert alle von der Schule. Schließlich hievte sich Nikos die schlafende Charlotte auf die Schultern und balancierte mit ihr die Wendeltreppe zum Babajaga-Haus hinauf.

»Was ist dein Bett, Sophie?«, fragte er oben.

Sophie zeigte auf das Bett am Fenster. Erleichtert ließ er Charlotte darauf fallen.

»Und wo schlafe ich?«, fragte Sophie sauer.

Nikos lächelte sie geheimnisvoll an. »Ich habe Idee!«

Für noch mehr Ideen war Sophie aber viel zu müde. Es war kurz nach zwei in der Früh. Sie gähnte erschöpft.

»Schönes Idee!«, warb Nikos. »Gleich nebenan.« Er deutete Sophie an mitzukommen und begann, die Wendeltreppe wieder hinabzusteigen.

Während die anderen Mädels in ihre Betten fielen und auf der Stelle einschliefen, stieg Sophie noch einmal die Treppe hinab. Als sie unten ankam, war Nikos verschwunden. Auf Versteckspiele hatte sie nun wirklich keine Lust. Da sah sie, wie er bei den Feuerlöschern die lange Rettungsleiter abbaute.

»Bist du verrückt?«, flüsterte sie. »Was willst du denn mit der Leiter?«

Nikos ließ sich nicht beirren.

»Ladies first!«, sagte er lächelnd, nachdem er die Leiter an den Stamm unter das Jagdbrautzelt gelehnt hatte.

Sophie seufzte. Dieser Knabe steckte durch und durch voller verrückter Ideen.

Als sie in den dicken, weichen Hochzeitskissen lag, dicht an Nikos gekuschelt, verschwand all die Aufregung des Tages. Der Nachtwind schaukelte sanft ihr Schlafgemach. Königin der Nacht, hatten die anderen sie genannt. Oh ja, das war sie. Und dann träumte sie sich davon.

# 35

Der neue Morgen weckte Sophie mit lautem Geschrei. Sie rüttelte Nikos, der trotz des Krachs nicht aufwachte, an der Schulter. Auf dem Gelände liefen ihre Mitschüler herum, scheinbar alle auf der Suche nach etwas. Hoffentlich war Charlotte nicht doch ausgebüxt, dachte Sophie und legte sich wieder in die weichen Kissen. Nikos gab ihr grinsend einen himmlischen Gutenmorgenkuss. Plötzlich hörte sie Luise in der Nähe rufen: »Sophie, Nikos, wo seid ihr?«

Sophie legte einen Finger über ihre Lippen und zog langsam den Reißverschluss des Zeltes auf. Kalte Morgenluft strömte in ihr warmes Paradies. Und da sah sie das Malheur. Die Leiter war weg! Irgendein Idiot hatte sie zurück an die Feuerlöschwand gehängt.

»Luise!«, rief Sophie leise. »Hier oben!«

»Mensch, Sophie«, sagte Luise. »Was machst du denn da?«

»Wonach sieht es denn aus?« Sophie schaute aus der Zelttür hinab.

Mittlerweile hatten auch die anderen sie entdeckt. Unten stand ihre halbe Klasse und lachte. Und als Marvin einen Hochzeitsmarsch trötete, kam auch der Rest herbeigelaufen. Als endlich jemand die Leiter holte, kletterte Sophie unter Klatschen aus der Hochzeitssuite.

Zadek schaute sie kopfschüttelnd an. »Hast du kein eigenes Bett?«

Das hatte sie durchaus, aber sie konnte ja schlecht sagen, dass Charlotte darin übernachten musste, weil sie zu betrunken gewesen war, um in ihrem eigenen zu schlafen. Als dann allerdings auch noch Nikos die Leiter hinabstieg, erlebte Sophie ihren Lieblingslehrer das erste Mal sprachlos.

»Wollt ihr mich alle ins Grab bringen?«, schimpfte er schließlich. »Wenn euch da was passiert wäre!«

»Ich hab aufgepasst«, verkündete Nikos stolz.

Zadek ließ sich auf keine Diskussion ein. Er scheuchte die Klasse zum Frühstück. »Darüber reden wir noch!«

Auf dem Weg zum Essen trafen sie Charlotte, die blass wie ein Schneehuhn aus dem Waschhaus stakste. Vielleicht konnte sie sich an nichts erinnern, denn als Sophie sie unterhakte und mit ihr zum Speiseraum lief, guckte sie etwas irritiert.

Das ist gerade noch mal gut gegangen, dachte Sophie erleichtert, als sie sich neben Luise auf die Bank im Speiseraum fallen ließ. Niemand schien etwas von ihrem nächtlichen Ausflug bemerkt zu haben. Für den Vormittag stand Klettergarten auf dem Programm. Vielleicht beruhigte sich Zadek dann wieder.

Als sie fast fertig gefrühstückt hatten, betrat Bertold den Essensraum und winkte Zadek zu sich. Die beiden tuschelten, Bertold schaute dabei ständig zu Luise. Dann verschwanden sie, um nach zehn Minuten aufgeregt wieder aufzutauchen. Zadek hielt ein bedrucktes Blatt Papier in der Hand.

So wütend hatte Sophie ihn noch nie gesehen. Trotz seiner Sommerbräune prangten rote Flecken auf seinem Gesicht. Die Gespräche an den Tischen verstummten, alle schauten den Lehrer verwundert an.

»Hat mir irgendjemand von euch etwas zu sagen?«, donnerte er.

Sophie warf Luise einen heimlichen Blick zu.

»Ich warte.«

Konnte Zadek etwas von ihrem nächtlichen Ausflug wissen? Hatte jemand gepetzt?

Sophie schaute kurz zu Charlotte. Doch der war noch immer übel. Die hatte bestimmt nichts verraten.

Da hielt Zadek das Blatt Papier hoch. »Vielleicht hilft das euren Erinnerungen ein wenig nach!«

Auch wenn es sich nur um einen schlechten Schwarz-Weiß-Druck handelte, konnte man nur schwer leugnen, wer sich darauf befand. Noch konnten sie alles beichten, vielleicht wurde es dann nicht ganz so schlimm. Unsicher schaute Sophie zu den anderen hinüber.

Plötzlich hob Charlotte die Hand. »Ich muss Ihnen was sagen, Herr Zadek.«

»Ich bitte darum«, quetschte er zwischen den Zähnen hervor.

»Wir haben gestern Nacht den Yeti gesehen!«

Einige lachten.

Zadek war kurz vor dem Explodieren. »Charlotte, jetzt ist nicht der Moment für Späße!«

»Das war kein Spaß, das war schrecklich.«

»Mach es nicht noch schlimmer, junges Fräulein.«

»Sie hätten ihn mal sehen sollen!« Beleidigt verstummte sie.

Da kam Zadek mit dem Ausdruck näher. Luise nahm unter dem Tisch Sophies Hand und hielt sie ganz fest. Leugnen war zwecklos.

Er wedelte direkt vor Luises Nase mit dem Blatt hin und her. »Was ist das?«

»Sieht man doch«, antwortete Sophie, um ihrer Freundin beizustehen.

Sie konnte sich zwar nicht erklären, wie er zu diesem Bild gekommen war, aber zu sehen war eindeutig Luise, wie sie mit den Alt-Rockern zusammen Schlagzeug spielte.

»Alle aufstehen, die mit auf diesem *Ausflug* waren«, sagte Zadek tonlos.

Luise schraubte sich langsam aus ihrer Bank. Dann Sophie. Zeitgleich standen Marie und Mewe auf. Marvin brauchte etwas länger. Auch Nikos hielt zu ihnen. Und selbst Charlotte erhob sich. Das hätte Sophie ihr gar nicht zugetraut.

»Das darf ja wohl nicht wahr sein!«, stieß Zadek hervor.

Ein paar der anderen feixten. Vor allem Ole. Er blickte Sophie schadenfroh an.

»Ihr werdet Bertold im Wald helfen«, sagte Zadek. »Nistkästen für die Vögel anbringen! Der Kletterpark ist für euch gestrichen!«

Sophie atmete leise auf. Wenn das die einzige Strafe war, war das Ganze noch glimpflich abgelaufen. Doch sie hatte sich zu früh gefreut. Als Zadek aus dem Essensraum stürmen wollte, hob Luise zaghaft die Hand.

»Was gibt's denn noch?«, rief er ungehalten.

»Könnte ich das Bild vielleicht haben?«

Da grinste er. »Natürlich! Das könnt ihr euch alle am Montag bei der Direktorin abholen.«

# 36

»Nun zieht nicht so ein Gesicht«, sagte Bertold. »Ihr hattet euren Spaß doch schon gestern.« Er hatte jedem zwei Nistkästen in die Hand gedrückt, sich selbst eine Leiter aufgehuckt und marschierte mit ihnen in den Wald.

Charlotte bildete das Schlusslicht und starrte wütend auf Sophie und Nikos, die vor ihr liefen. Inzwischen war ihr wieder eingefallen, warum es ihr so schlecht ging. Weil sie Sophie unbedingt Nikos hatte ausspannen wollen und deshalb mit ins Konzert gegangen war. Doch ihr Plan war nicht aufgegangen und nun war sie doppelt sauer. Sie konnte nicht mit in den Kletterwald, hatte keinen neuen Freund und musste Vogelkästen durch den Wald schleppen. Und zu ihrem Ärger beachteten die anderen sie kaum.

Luise unterhielt sich mit Bertold, der doch kein so übler Typ zu sein schien. »Du bist echt ein Glückspilz«, sagte er zu ihr.

»Wie man's nimmt.« Sie schlenkerte ächzend ihre Holzkästen. »Ich wüsste nur zu gern, wo Zadek das Foto herhat.«

»Wisst ihr nicht, dass ihr seit heute Morgen auf *YouTube* seid?«

Luise riss die Augen auf. »Wie denn, in dem verdammten Funkloch hier?«

Das erklärte einiges.

»*Albatros* war früher mal eine angesagte Rockband«, sagte Bertold. »Das Konzert gestern haben sie zur Erinnerung an ihren verstorbenen Sänger gegeben. Ein paar Leute müssen das mit ihren Smartphones gefilmt haben.«

»Habt ihr das gehört?«, rief Luise aufgeregt. »Wir sind auf *YouTube!*«

Ob es das wert war, dass sie für Luises Rockkarriere alle von der Schule flogen? Sophie warf Nikos einen sehnsuchtsvollen Blick zu. *YouTube* interessierte sie gerade reichlich wenig. Heute war ihr letzter gemeinsamer Tag mit Nikos. Schon morgen Früh würde er mit der allerersten Maschine zurück nach Hause fliegen. Nikos schien das Gleiche zu denken und gab ihr einen traurigen Kuss auf die Stirn. Wenn sie sich mit den Nistkästen beeilten, waren sie vielleicht bis Mittag fertig.

Aber Vogelhaus war nicht gleich Vogelhaus. Bertold machte eine Wissenschaft daraus und quasselte ihnen stundenlang die Ohren voll. Die Herrschaften der Lüfte bevorzugten nämlich verschiedene Behausungen. Die einen hoch in den Wipfeln, andere versteckt am Boden.

Sophie würde für den Rest ihres Lebens ein Zelt in den Bäumen genügen, da war man wenigstens sicher. Denn als sie auf eine kleine Lichtung traten, stießen sie dort auf den Yeti. Schnaufend fuhr er von einem Schläfchen hoch. Kreischend wollte Sophie die Flucht antreten, doch Bertold lachte los.

»Hallo, Bruno. Hier steckst du also!«

»Der ist gefährlich«, stotterte Charlotte.

»Quatsch, das ist ein harmloser Bison. Der büxt nur manchmal aus dem Waldgehege aus, wenn's ihm zu langweilig wird.« Bertold gab Bruno einen Klaps auf den Hintern, woraufhin dieser gemütlich davontrabte.

Nee, für das Landleben war Sophie nicht geschaffen. Sie würde doch weiter in ihrem Hochbett schlafen und nicht im Baumzelt. Aber bald, fiel ihr gleich wieder schmerzhaft ein, bald würde Nikos nicht mehr neben ihr liegen. Konnte er denn nicht einfach hierbleiben? Sie musste an ihren lächerlichen Versuch mit der Strandhütte auf Kreta denken. Total kindisch war das gewesen. Als ob ihre Eltern das jemals erlaubt hätten, zwei Minderjährige wie Robinson Crusoe am Strand! Warum gab es keinen Ort, an dem sie und Nikos dauerhaft zusammen sein konnten? Sophie grübelte vor sich hin. Luise war ihr gerade auch keine große Hilfe. Sie nervte Bertold die ganze Zeit damit, ihr alles über *Albatros* zu erzählen, und konnte es kaum erwarten, in den Zug nach Berlin zu steigen, um endlich wieder in die Nähe eines Sendemasts zu gelangen. Sophie dagegen würde am liebsten die Zeit anhalten.

»Habt ihr hübsch Vogelhäuschen aufgehängt?«, ärgerte Ole sie, als sie mit Bertold und den anderen aus dem Wald zurückkamen.

»Und wie war es im Kindergarten beim Klettern?«, konterte Luise. Dann erzählte sie von ihrem *YouTube*-Auftritt.

»Kann ja jeder behaupten«, meinte Ole schulterzuckend.

»Du wirst schon sehen!«

Luise war die Erste, die mit gepacktem Rucksack neben Bertolds Pferdewagen stand, als es hieß, es gehe heimwärts. Sophie kroch eine elendige Traurigkeit ins Herz. Die letzten Stunden mit Nikos würde sie nun daheim unter der Aufsicht ihrer Mutter und Wolfgang verbringen.

# 37

Im Zug starrten alle auf ihre Smartphones und fieberten dem Moment entgegen, da sie endlich wieder in der Zivilisation ankommen würden. Nur Sophie saß stumm neben Nikos und schaute aus dem Fenster. Auch Charlotte war merkwürdig still.

»Ich hab Empfang!«, brüllte Marvin plötzlich.

»Ich auch!«, verkündete Mewe.

Und dann hämmerten alle hektisch auf die Tasten. Jeder wollte der Erste auf *YouTube* sein. Mit ihrem Uralt-Handy konnte Sophie da nicht mithalten. Sie lehnte sich an Nikos, während der Zug durch die bunten Herbstwälder rauschte. Morgen um diese Zeit war er schon wieder auf Kreta. Seufzend schloss sie die Augen.

Auf einmal hörte sie *Flying in Heaven*, wie Luise es gestern Abend für sie mit den *Albatros* gespielt hatte. Und dann hörte sie ihre eigene Stimme. Alle hatten ihre Geräte so laut gestellt, dass es durch das ganze Zugabteil hallte: »Nikos, ich liebe dich! Und wenn du was anderes glaubst, bist du ein Esel!«

»Wahnsinn!«, rief Marvin. »Schon 2000 Klicks!«

Sophie riss ihm das Smartphone aus der Hand. Wie peinlich war das denn? Es war gar nicht Luises Schlagzeugeinsatz, der sie auf *YouTube* gebracht hatte, sondern ihre Liebeserklärung. Jetzt wusste es alle Welt! Selbst Nikos, der sonst immer so cool tat, schien das Ganze unangenehm zu sein.

Sophie schaffte es gerade noch aufzustehen, um Richtung Klo zu verschwinden. Sie warf die Tür hinter sich zu und starrte in den kleinen Spiegel. Jeder konnte sie sehen. 2 000 Klicks! Unvorstellbar. Wer weiß, was für Kommentare dazu abgegeben wurden. Sie atmete tief durch. Gab es irgendetwas, das sie tun konnte? Den Server hacken? Eine andere Identität annehmen? Auf den Mond auswandern? Auf jeden Fall konnte sie nicht ewig auf dem Klo bleiben.

Als sie die Klotür wieder aufmachte, lehnte Charlotte an der Wand gegenüber. Sie schien auf Sophie gewartet zu haben. Aus ihren grünen Augen funkelte es hinterlistig. »Wie das wohl seine Freundin auf Kreta findet?«, sagte sie so leise, dass nur Sophie es hören konnte. Und als Sophie darauf nichts sagte: »Hat er dir etwa nicht von ihr erzählt?«

»Er hat keine Freundin. Er hat nur mich!«, fauchte Sophie zurück. »Und wenn du nicht sofort mit deinen Lügen aufhörst, erzähle ich allen, dass Sebastian mit dir Schluss gemacht hat und gar nicht in New York ist.«

Fassungslos starrte Charlotte sie an. »Das wirst du nicht!«

»Und wie ich das werde«, erwiderte Sophie lächelnd. »Also lass die Finger von Nikos!«

Charlotte machte den Mund auf, klappte ihn dann aber wortlos wieder zu. Schließlich verschwand sie wütend auf dem Klo.

Sophie ging auf ihren Platz zurück und konnte es kaum fassen. Charlotte hatte klein beigegeben! Das gab's doch überhaupt nicht. Luises Plan schien tatsächlich aufgegangen zu sein. Man begab sich eben nicht gefahrlos in Sophies Nähe! Manchmal schlug die Katastrophe zurück.

Aber vielleicht war sie gar nicht die wandelnde Katastrophe, für die sie sich selbst immer hielt. Im Zugabteil gab es nämlich nur noch eine Website: *YouTube*. Sophie war über Nacht zum Star geworden! Als Zadek vorbeiging, schüttelte er den Kopf. So hatte er sich ihre Strafe bestimmt nicht vorgestellt. Durch ihren verbotenen Ausflug waren sie die Klickkönige des Tages geworden.

Nur Luise hockte untröstlich auf ihrem Fensterplatz. Sophie setzte sich zu ihr.

»Luise, du hast so toll gespielt«, sagte sie.

»Was nutzt das?«, entgegnete die finster. »Ich bin in dem Film bloß ein Mal kurz zu sehen.«

»Aber du bist die ganze Zeit zu hören. Und außerdem kannst du deinen Enkeln erzählen, du hast mit *Albatros* gespielt!«

Luise schaute sehnsüchtig aus dem Fenster: »Und das hat so einen Spaß gemacht!«

»Eben.«

»Ach, Sophie.« Luise legte den Arm um ihre beste Freundin. »Ich heul hier rum und du musst dich morgen von deinem Liebsten verabschieden. Was macht ihr heute denn noch?«

Sophie zuckte mit den Schultern. »Abendessen mit meiner Mutter.«

»Du Ärmste.«

Wenn es nur das wäre, dachte Sophie. Morgen stand ihr der schlimmste Montag ihres Lebens bevor. Nicht nur, dass Nikos wieder heimmusste und sie nicht wusste, ob sie ihn jemals wiedersehen würde. Auch ihren Englischvortrag hatte sie noch nicht fertig. Außerdem stand ihnen ein Gespräch bei der Direktorin bevor, nach dem sie vielleicht von der Schule flogen. Gab es irgendeinen Grund, weshalb sie nach Hause fahren sollte?

# 38

Als der Regionalzug am Hauptbahnhof ankam, war Sophies Stimmung unter dem Gefrierpunkt der Arktis angelangt. Die anderen verabschiedeten sich noch alle von Nikos. Sophie hockte sich mit Luise auf eine Bahnhofsbank und sah dem ganzen Rummel von Weitem zu. Alle bedauerten seine Abreise.

Charlotte wartete mit ihrem Abschied bis zum Schluss. Als sie Nikos die Arme um den Hals legte und ihm einen Kuss geben wollte, sauste Sophie von der Bank hoch und schoss wie ein Blitz dazwischen. Nikos, der auf so einen Angriff nicht vorbereitet war, verlor das Gleichgewicht und fiel rückwärts in einen Papierkorb. Einige Passanten kicherten. Beleidigt verschwand Charlotte und Nikos rappelte sich fluchend wieder hoch.

Sophie wusste selbst, dass sie sich total kindisch benahm. Aber sie konnte einfach nicht anders. Es war, als würde ihr Herz zerquetscht und mit jedem Schlag tat es mehr weh.

»Bitte nicht hauen«, sagte Zadek zu Sophie, als er Nikos die Hand gab. »Ich küsse ihn auch nicht, großes Indianerehrenwort!«

Sophie glühte wie eine Tomate.

»Ich hoffe, es hat dir bei uns gefallen«, sagte er zu Nikos. »Du bist jederzeit herzlich willkommen.«

Dann klopfte er Nikos auf die Schulter, wie Männer das eben so machen. Kein großes Ding. Aber Sophie sah Bedauern in Zadeks Augen aufschimmern, denn nun verschwand sein einziger Schüler, für den Pythagoras quasi ein Landsmann war und kein Fremduniversum wie für den Rest der Klasse. Dann war auch Zadek fort und Sophie stand mit Nikos und Luise allein auf dem Bahnsteig.

»Lasst uns heimfahren«, sagte Luise.

Sie nahmen die nächste S-Bahn zum Südbahnhof. Jetzt hatten sie allerdings Trauer zu dritt. Da nahm Nikos auf jeder Seite ein Mädchen in den Arm. Bei Luise machte Sophie das nichts aus.

An der nächsten Station stieg ein älterer Mann ein und schüttelte den Kopf. »Die Welt ist einfach ungerecht. Ich krieg nicht mal *eine* Frau und du hast gleich zwei. Und dann noch solche schönen!«

Da mussten Sophie und Luise kichern. Als auch noch Nikos mit einstimmte, lachten sie, bis ihnen die Tränen kamen und sie vier Stationen später aussteigen mussten.

Mit einem Empfangskomitee hatte Sophie allerdings nicht gerechnet. Aber da stand Ulrike Fischer jubelnd und winkend, mit einem großen Blumenstrauß auf dem Bahnsteig und neben ihr Wolfgang, nicht minder fröhlich, als hätte er gerade den Jackpot seines Lebens geknackt. Sophie blickte Luise hilflos an, doch es gab keinen anderen Ausgang, durch den sie verschwinden konnten.

Und dann versank Sophie in der Umarmung ihrer Mutter. War sie betrunken oder hatte sie wieder einen Glückskeks gegessen? Sophie konnte sich die gute Laune ihrer Mutter nicht erklären – angesichts der Tatsache, dass auch Wolfgang morgen Früh heimfliegen musste.

»Schön, dass ihr wieder da seid«, sagte Ulrike, nachdem sie Sophie den Blumenstrauß überreicht und Nikos und Luise ebenfalls fast zerquetscht hatte. »Was haltet ihr von einem Abendessen? Ich lade euch alle ein.«

Sophie warf Wolfgang einen fragenden Blick zu, doch der grinste noch immer wie ein Lottogewinner. Musste sie sich ernsthaft Sorgen machen? Was war in ihrer Abwesenheit passiert?

»Du kannst natürlich auch mit, Luise«, sagte Ulrike, »ich habe deinen Eltern schon Bescheid gesagt, dass wir dich später heimbringen.«

Sophie atmete auf. Wenigstens hatte sie jetzt noch eine Verstärkung mehr.

Ulrike Fischer hakte ihre Tochter und Wolfgang unter und rauschte mit ihnen singend vom Bahnsteig. Da ging Sophie ein Licht auf. Würden die beiden etwa heiraten und sie alle nach Kreta ziehen? Weil Ulrike Fischer eingesehen hatte, dass es dort viel schöner war und sie schließlich auch dort kellnern konnte? Und weil dort Wolfgang wohnte? Und Nikos!

Genau, das musste es sein, was ihre Mutter in solche Sonntagslaune versetzte. Sie zogen nach Kreta! Sophies Bauchschmetterlinge schwirrten freudig umher. Sie warf ihren Blumenstrauß strahlend einem Obdachlosen in den Arm, der gerade in den Bahnhof schlurfte.

»Danke, gnäd'ge Frau«, sagte der überrascht und zog vor Sophie seinen Hut.

Ulrike Fischer bugsierte sie zu ihrem Lokal, aus dem eine sehr vertraute Musik ertönte. Nicht ganz Luises Geschmack, doch für Sophie klang es wie Himmelsläuten. Verwundert blieb sie im Eingang des Bahnhoflokals stehen.

»Na, wie gefällt es euch?«, fragte ihre Mutter.

Aus der Musikanlage dröhnte griechische Volksmusik und der Geruch von frischem Moussaka und gebratenem Kaninchen schlug ihr entgegen. Die Kellner, die zwischen den Tischen umherflitzten, trugen blau-weiße Schürzen.

»Wir haben griechischen Sonntag«, erklärte Ulrike stolz. »Mein Chef war gleich begeistert von der Idee.«

Wer nicht so begeistert war, das war Maria. »Immer diese Moden«, brummelte sie, als Sophie sich mit den anderen an den einzigen noch freien Tisch setzte.

Nikos lachte. »Wie zu Hause hier!«

Ja, wunderschön, dachte Sophie. Von ihr aus konnte es jeden Tag Griechisch geben.

»Und, wie war eure Klassenfahrt?«, fragte Wolfgang, nachdem die Getränke auf dem Tisch standen. »Jede Menge Waldgespenster gesehen?«

»Wir haben Vogelhäuser im Wald erhängt«, sagte Nikos.

»Aufgehängt«, verbesserte Sophie.

»Vogelhäuser?«, fragte Ulrike.

Sophie trat Nikos unterm Tisch auf den Fuß. »Zum Schutz der Waldvögel«, erklärte sie schnell.

»Aha«, meinte Ulrike. Dann erhob sie ihr Glas und stieß mit ihnen auf die Waldvögel an.

»Was ist los?«, flüsterte Sophie Wolfgang leise zu. Doch der lächelte nur geheimnisvoll.

Dann kam erst einmal das Essen und Sophie konnte keine weiteren Nachforschungen anstellen. Kaninchen mit Rosmarinkartoffeln. Marias Laune verbesserte sich deutlich, als Nikos sie lobte und meinte, sie würde genauso gut kochen wie seine Mama. Sophie stopfte, so schnell sie konnte, das Kaninchen in sich hinein. Sie wollte endlich wissen, was für eine Überraschung es gab. Doch nach dem Hauptgang wollten alle noch Nachtisch. Griechischer Joghurt mit Honig und Walnüssen. Sophie platzte bald – vor lauter leckerem Essen und vor allem vor Neugierde.

Als endlich alle restlos satt waren, ruckelte Ulrike auf ihrem Stuhl nervös hin und her. »Nun ja«, begann sie und schaute Sophie dabei feierlich an, »wir wollen euch etwas mitteilen.«

Sie spricht schon von *wir*, stellte Sophie erleichtert fest.

»Wolfgang will sich ja schon länger beruflich verändern.«

Super, sie machen zusammen ein Lokal auf Kreta auf!

»Er träumt seit Jahren von einem eigenen Reisebüro.«

Auch egal. Dann eben Reisebüro. Ihre Mutter sollte endlich zum Punkt kommen.

»Wolfgang wird demnächst nach Berlin ziehen, Sophie.

Dann könnten wir uns auch öfter sehen. Wie findest du das?«

Sophie schnappte nach Luft. Was? Wie? Sie zogen nicht nach Kreta?

»Ich dachte, du freust dich wenigstens ein bisschen«, sagte ihre Mutter enttäuscht.

Freuen? Worüber denn?

»Sophie«, sagte Wolfgang jetzt, »so schrecklich bin ich nun auch wieder nicht. Ich zieh auch nicht gleich bei euch ein, keine Sorge. Ich suche mir eine eigene Wohnung.«

Nikos schüttelte Wolfgang die Hand. »Super. Eigenes Geschäft ist gut.«

Sophie schaute sprachlos von einem zum anderen.

»Wenn ich mal was sagen darf?«, meldete sich Luise. »Das heißt dann, Sophie sieht Nikos nie wieder?«

»Wieso denn?«, fragte Ulrike Fischer. »Wir können ja im Sommer mal hinfliegen.«

»Wenn du zufällig wieder im Kreuzworträtsel gewinnst oder was?« Sophie war aufgesprungen. Das konnte doch nicht wahr sein! Sie hatte die ganze Woche lang nur Stress wegen Charlotte gehabt und nun stellte sich heraus, dass alles umsonst gewesen war. Sie sah Nikos vielleicht nie wieder. Wolfgang hatte ihm den Flug ja nur gesponsert, weil er Ulrike wiedersehen wollte.

»Da findet sich bestimmt eine Lösung«, sagte Wolfgang zerknirscht. Er begann zu verstehen, dass sein Glück das eines anderen gerade zerstörte.

»Lösung?«, stieß Sophie hervor. Sie wollte keine Lösung, sie wollte Nikos.

Hätten die zwei mit ihrer Überraschung nicht noch eine Weile warten können?

# 39

Sophie war todmüde, doch sie konnte nicht einschlafen. Auch Nikos lag wach und rollte sich unruhig von einer Seite auf die andere. Der Mond schien hell durch die Gardinen. Es war still in der Wohnung. Selbst Ulrike und Wolfgang schliefen längst.

»Wir sehen uns wieder«, flüsterte Nikos. »Bestimmt.«

Ja, in zehn Jahren. Aber wie sollte sie die Zwischenzeit überleben? Sophie musste daran denken, was Charlotte gesagt hatte. Vielleicht machte es ihm ja deshalb nicht so viel aus, weil er zu Hause eine Freundin hatte? Allein der Gedanke schnürte ihr den Hals zu. Sie musste ihn fragen. Und zwar jetzt. Morgen wäre es zu spät.

»Nikos?«, sagte sie leise.

»Hm.«

»Hast du eine Freundin?«

»Ja, dich«, sagte er verwundert.

»Nein, ich meine auf Kreta.«

»Wieso?«

»Ach, nur so.«

»Und du?«, fragte er.

»Natürlich nur dich!«, erwiderte sie. Wie konnte er daran zweifeln?

»Wir können ja was schwören«, schlug sie vor, verwarf die Idee aber gleich wieder. Man kann sich Liebe nicht schwören. Sie ist da oder eben nicht.

»Kann ich mal fragen?«, sagte Nikos.

»Ja, frag doch.«

»Bei der Klassenfahrt Charlotte gesagt, du bist noch …«

Sophie schoss ein heißer Blitz von den Füßen bis zu den Haarwurzeln. Oh Gott, er hatte es doch gehört. »Nein, ja …«, stotterte sie, ehe sie schließlich herausbrachte, dass sie noch nie mit einem Jungen geschlafen hatte. Was er jetzt wohl von ihr dachte?

Aber er schien eher erleichtert zu sein.

»Und du?«, fragte sie ihn.

Da herrschte erst mal langes Schweigen.

»Ich auch nicht«, sagte er schließlich.

Als er seine Hand vorsichtig auf ihren Bauch legte, befürchtete sie, dass er das jetzt ändern wollte. Auch wenn sie wie verrückt in ihn verliebt war, das wollte sie ganz und gar nicht. Jedenfalls noch nicht.

»Alles okay?«, fragte er, als sie seine Hand wegschob.

Für Sophie schon. Und sie hoffte inständig, dass es für Nikos auch okay war. Er gab ihr vorsichtig einen Kuss. Erleichtert legte Sophie sich in seinen Arm und dann schliefen sie endlich beide ein.

# 40

Nach gefühlten zehn Minuten wurden sie wieder geweckt.

»Sophie!«, rief Ulrike Fischer. »Ihr müsst euch beeilen! Wir haben verschlafen!«

Prima, war das erste, das Sophie dazu einfiel. Wenn sie den Flug verpassten, vielleicht blieb Nikos dann noch ein paar Tage länger! Doch ihre Mutter trieb sie aus dem Bett. Sophie schaffte es gerade noch, sich anzuziehen, da stand schon das Taxi vor dem Haus. Wolfgang und Nikos griffen sich ihre Rucksäcke und dann spurteten sie alle die Treppe hinunter.

Es war noch dunkel draußen, als sie durch die Stadt zum Flughafen rasten. Da niemand allein vorn beim Fahrer sitzen wollte, quetschten sie sich zu viert auf die Rückbank – den Protesten des Fahrers zum Trotz, der ihnen mit der Polizei und dem türkischem Militär drohte.

Als sie auf dem Flughafen ankamen, drückte Wolfgang ihm ein großzügiges Trinkgeld in die Hand, worauf er ihnen allen Allahs Segen wünschte. Den würden sie brauchen, denn nun ging die Rennerei weiter. Auf der Abflugtafel blinkte bereits der Heraklion-Flug zum letzten Check-in.

Der schlimmste Moment in Sophies Leben war gekommen. Ihr blieben vielleicht noch drei Minuten, um sich von Nikos zu verabschieden. Drei Minuten! Und obwohl sie eigentlich tapfer sein wollte, befiel sie plötzlich Panik. Nikos hatte kein einziges Mal gesagt, dass er sie liebt. Kein Wunder, so idiotisch, wie sie sich in der letzten Woche benommen hatte. Vielleicht dachte er nach der gestrigen Nacht auch, sie liebte ihn nicht wirklich. Weil sie nicht Ja gesagt hatte. Und gleich stieg er in den Flieger!

»Sophie, Sophie«, sagte er, als würde er ihre Gedanken erraten. »Du bist ein verrückte Mädchen! Du steigst auf Pferd und kannst gar nicht reiten. Lässt mir Ferrari fahren, obwohl du stirbst bald mit Eifersücht. Und wo du hast Angst, du quetschst meine Hand. Aber wenn du lachst, lacht ganze Welt!«

Und dann küsste er sie ein letztes Mal.

Aus dem Lautsprecher kam ein Aufruf: »Last call for passengers travelling on flight AE 1793 to Heraklion!«

Sophie hielt die Luft an, als Nikos seinen Rucksack aufs Gepäckband warf und durch die Sicherheitskontrolle stürmte. Aber er drehte sich noch einmal um und rief: »Ich liebe dich, Sophie Fischer!«

Und dann war er verschwunden.

Sophie kämpfte mit den Tränen. Ihre Mutter hatte sich neben sie gestellt. Gemeinsam starrten sie schweigend auf die Stelle, wo eben noch ihre Liebsten gestanden hatten. Schließlich gingen sie langsam zum Ausgang.

Sophie war wie betäubt. Ich liebe dich, hatte Nikos gesagt. Also hatte sie nichts falsch gemacht. All ihre Ängste, Katastrophen und selbst Charlotte konnten nichts daran ändern, dass Nikos sie liebte. Und nur sie allein. Aber was nutzte ihr das, wenn sie ihn vielleicht nie wiedersah?

»Komm«, sagte ihre Mutter, »ich lade dich auf einen Kakao ein.« Sie schob Sophie in ein kleines Café, das gerade aufmachte. Doch Sophie konnten jetzt weder Kakao noch Croissants trösten. Auch nicht, dass ihre Mutter ihr einen gemütlichen Abend versprach, an dem sie superpünktlich daheim sein würde. Für Sophie zählte nur noch eines: Wenn Nikos bei ihr war! Wenn sie zusammen Musik hörten oder in der Sonne dösten.

Als sie ihre Tasse leer getrunken hatte, räusperte sich ihre Mutter. »Wolfgang und ich haben uns gestern Nacht noch was überlegt, Schatz.«

Nicht noch eine Überraschung, dachte Sophie.

»Es geht um Wolfgangs Reisebüro.«

»Hm«, sagte Sophie, um wenigstens ein bisschen Interesse zu signalisieren.

»Reisebüros gibt's ja schon genug in Berlin. Wolfgang plant daher etwas Außergewöhnliches. So eine Art besonderes Reisebüro.«

Sophie zuckte mit den Schultern. Mit durchgeknallten Lehrern durch finstere Höhlen rennen hatte er ja schon auf Kreta geübt.

»Bevor es richtig losgeht, will er eine kleine Testtour machen. Nach Südamerika. Wenn du Lust hast mitzukommen, wartet er bis zu den nächsten Ferien.«

Noch vor ein paar Monaten wäre Sophie bei so einem

Angebot vor Freude in die Luft gesprungen. Doch was brachte ihr die schönste Reise ohne Nikos?

»Nikos kann auch mit, wenn er will und seine Eltern das erlauben«, sagte Ulrike.

»Und das sagst du erst jetzt?« Sophie sprang von ihrem Hocker und umarmte ihre Mutter.

»Du warst doch so dagegen, dass Wolfgang nach Berlin zieht und ein Büro hier aufmacht.«

»Könnten Luise und Lars vielleicht auch mitkommen?«

Ihre Mutter nickte. »Da fällt mir echt ein Stein vom Herzen. Ich dachte schon, du kannst Wolfgang gar nicht mehr leiden.«

Das musste sie sofort Luise erzählen!

Rasch stellte Sophie die leeren Tassen auf ein Tablett und brachte alles weg.

Ihre Mutter bezahlte in der Zwischenzeit.

Sophie schaute auf die Flughafenuhr. Die erste Stunde hatte gerade angefangen. Wenn sie sich beeilte, schaffte sie es noch pünktlich zur zweiten.

»Ich brauche noch eine Entschuldigung«, sagte sie zu ihrer Mutter.

Die drehte einfach die Rechnung um und schrieb hastig, dass Sophie wegen Zahnschmerzen zum Zahnarzt musste. Das sind ja völlig neue Ansichten, dachte Sophie. Wolfgang tat ihrer Mutter besser, als sie gedacht hätte. Aber eine Frühstücksrechnung des Flughafenbäckers, auf der Datum nebst Uhrzeit stand, war vielleicht doch nicht das Richtige.

In Windeseile besorgte Sophie von einem der Flugschalter ein weißes Blatt Papier. Und dann rannten sie beide quer durch die Flughafenhalle zum Ausgang.

# 41

Als Sophie ins Schulgebäude stürzte, klingelte es zur Pause. Sie war den ganzen Weg von der S-Bahn zur Schule gerannt. In den nächsten Ferien, hatte ihre Mutter gesagt. Das war ja schon Weihnachten! Als sie die Treppe zu ihrem Klassenraum hochstürmte, war sie völlig außer Atem. Einen Moment blieb sie keuchend vor der Tür stehen, dann wurde die von innen geöffnet und Mühlenhaupt kam heraus. Er fixierte Sophie mit einem strengen Blick. Doch bevor er etwas sagen konnte, drückte Sophie ihm den Entschuldigungszettel in die Hand.

»Sophie liebt Nikos und wird ihn immer lieben!«, rief sie und lief an ihm vorbei in die Klasse.

Dort herrschte Krisenstimmung.

»Wir sollen gleich zur Direktorin«, klärte Luise sie auf.

»Und wir dachten schon, du willst dich drücken«, sagte Charlotte.

»Das hab ich nicht nötig«, erwiderte Sophie und strahlte.

Auf dem Weg zur Direktorin beratschlagten sie, was sie zu ihrer Verteidigung vorbringen könnten. Doch es fiel ihnen einfach nichts ein. Dass Luise nur auf die Idee mit dem Konzert gekommen war, weil Sophie so verzweifelt wegen Charlotte gewesen war, konnten sie den anderen und der Direktorin kaum sagen. Frau Dr. Blütensteg war dafür bekannt, dass sie nicht den geringsten Spaß verstand, wenn es um die Verletzung der Schulregeln ging. Das galt auch für Klassenfahrten. Und egal, wie man es drehte oder wendete, sie hatten sich unerlaubt vom Acker gemacht, und das mitten in der Nacht.

Sie warteten bereits vor der Tür des Rektorats, als Sophie eine Idee kam. »Ich finde, du bist uns allen etwas schuldig«, sagte sie zu Charlotte.

»Ich wüsste nicht, warum!«, fauchte die zurück.

»Ohne unsere Hilfe wäre rausgekommen, dass du auf dem Konzert viel zu viel getrunken hast. Nikos hat dich in mein Bett hochtragen müssen, damit niemand was mitkriegt. Schon vergessen?«

Charlotte lehnte sich beschämt an die Wand.

»Und dass du versucht hast, mir meinen Freund wegzunehmen mit deinem ganzen Angeber-Pferde-Ferrari-Getue! Schon vergessen?«

»Das stimmt doch gar nicht«, stammelte sie.

»Dann habe ich mir den Ferrari nur eingebildet?«, zischte Sophie.

»Das Auto gehört uns gar nicht«, stotterte Charlotte. »Mein Vater arbeitet in einem Autosalon. Da macht er manchmal Testfahrten für die Kunden.«

Sophie konnte es nicht fassen.

»Und das Pferd?«, fragte sie, als sie an den Höllenritt auf O'Henry dachte.

»Der Reiterhof gehört meiner Tante. Deshalb darf ich da auch reiten«, schluchzte Charlotte.

Kein Ferrari, kein Pferd. Sophie schüttelte den Kopf. Alles nur Lügen von vorne bis hinten? Und die Höhe war, dass sie versucht hatte, Nikos einzureden, dass Sophie Charlotte ihren Freund ausgespannt hatte!

»Und was deinen Sebastian angeht …«

Da drückte sich Charlotte entschlossen von der Wand ab. »Ich war doch bloß neidisch, Sophie. Das musst du mir glauben. Das mit dem Alkohol muss die Direktorin nicht erfahren. Bitte!«

Das waren ja ganz neue Töne. Charlotte kannte das Wort *Bitte?*

»Wenn das so ist«, meinte Marvin schließlich, »dann erklärst du der Direktorin unseren kleinen Ausflug. Und dass er deine Idee war. Wir hätten noch versucht, dich davon abzubringen.«

Charlotte schluckte.

»Und du musst schwören«, fiel Sophie ein.

»Was denn?«, fragte Charlotte leise.

»Dass du nie wieder einem Mädchen den Freund ausspannen wirst!«

Charlotte nickte.

Dann ging die Tür zur Höhle der Löwin auf.

»Ach, die Mitternachtsrocker«, sagte die Direktorin trocken und bat sie herein.

Marvin hatte nicht nur als Bestrafung vorgeschlagen,

Charlotte vorauszuschicken. Bei all ihren fürchterlichen Eigenschaften gab es auch eine, die ihnen in dieser Situation zugutekommen könnte. Charlotte wickelte nämlich jeden um den Finger.

Ob das allerdings auch bei Frau Dr. Blütensteg half?

Anfangs machte Charlotte ihre Sache richtig gut. Anders als der Grammatik-Heinz war die Direktorin für Demut sehr empfänglich. Charlotte gab zu, dass sie einen dummen Fehler gemacht hatten und alles tun würden, um ihn wiedergutzumachen.

Doch die Direktorin ließ sich von niemandem hinters Licht führen, schon gar nicht von einer Schülerin. Regeln waren dazu da, dass man sie einhielt. Und dafür sorgte sie. Mit allen Mitteln.

Bitte keinen Verweis, betete Sophie. Sie durfte nicht von der Schule fliegen, sonst würde sich ihre Mutter das mit dem Test-Urlaub bestimmt wieder anders überlegen.

»Ihr bekommt einen Eintrag in eure Schulakte«, hörte sie die Direktorin sagen.

Betreten schauten sie sich alle an. Wenigstens flogen sie nicht von der Schule, dachte Sophie erleichtert.

Luise hatte die ganze Zeit auf den *YouTube*-Ausdruck gestarrt, der vor der Direktorin auf dem Tisch lag. »Aber es war doch *Albatros!*«, sagte sie verzweifelt.

»Ihr wart bei *Albatros?*« Die Direktorin schob ihre Brille in die Stirn und hielt sich ungläubig das Bild vor die Augen. »Tatsächlich«, murmelte sie schließlich.

»Ich habe sogar mit ihnen gespielt«, sagte Luise mutig.

Die Direktorin schaute Luise verdutzt an. »Wirklich?«

Dann lächelte sie plötzlich und lehnte sich in ihren Ledersessel zurück. »Ach, die *Albatrosse*! Bei einem ihrer Konzerte habe ich meinen Mann kennengelernt. Kaum zu glauben, dass das schon zwanzig Jahre her ist.«

Frau Dr. Blütensteg als Rockerbraut – das konnte sich keiner der Schüler vorstellen.

»Ich hatte damals noch meine Harley«, träumte sie laut weiter, »und bin damit zu jedem Konzert gefahren. Eine tolle Band!«

»Sag ich doch, Frau Dr. Blütensteg«, pflichtete Luise ihr bei.

»Was mache ich bloß mit euch?«, seufzte die Direktorin.

»Sie geben uns keinen Eintrag. Dafür helfen wir bis zu den Weihnachtsferien freiwillig dem Hausmeister«, schlug Charlotte vor.

Die Direktorin schaute von einem zum anderen. »Gut, einverstanden. Ein bisschen Strafe muss sein. Und jetzt Abmarsch in eure Klasse! Sonst überleg ich es mir doch wieder anders.«

Als sie draußen auf dem Gang standen, fiel Luise Sophie in die Arme. Auch Mewe und Marie umarmten sie. Marvin hatte es nicht so mit dem ganzen Gedrücke. Er stand mit Charlotte grinsend daneben.

»Das ist gerade noch mal gut gegangen«, sagte Sophie und atmete erleichtert auf.

Da kam Zadek den Gang entlang. »Und?«, fragte er. »Wie war's?«

»Schrecklich«, jammerte Charlotte. »Sie hat uns bis Weihnachten soziale Arbeit aufgedrückt.«

Dann liefen sie in ihr Klassenzimmer zurück. Auf dem Weg dahin erzählte Sophie Luise endlich von Wolfgangs Idee mit dem Testurlaub. »Wahnsinn«, sagte Luise kichernd. »Wir vier im Regenwald. Natürlich komme ich mit!«

Sie hätten gern noch länger Reisepläne geschmiedet, doch Mrs Miller betrat den Klassenraum.

Der Vortrag!, fiel es Sophie siedend heiß ein. Vielleicht hatte ihre Lehrerin ja auch vergessen, dass sie heute damit dran war. Hatte sie aber nicht.

Sie zwinkerte Sophie freudig zu. »Komm doch bitte nach vorn. Dann hören wir dich besser.«

Na, ob das vorn besser war? In Zeitlupe schraubte sich Sophie von ihrem Stuhl hoch. Verzweifelt versuchte sie, sich an den Anfang ihres Vortrags zu erinnern. Wie hieß noch mal Dom auf Englisch? Sie stotterte und druckste herum. Mrs Miller runzelte schon die Stirn.

Da gab sich Sophie einen Ruck. »I am young and Berlin is a nice city«, begann sie. Und dann erzählte sie von der Woche mit Nikos. Wie sie beim nächtlichen Panoramablick von einem Hochhaus von der Polizei für ein Selbstmörderduo gehalten und höchstpersönlich nach Hause eskortiert worden waren. Sie berichtete von dem eisigen Erlebnis auf dem Badeschiff, wo Badegäste Speed-Tauchen in der Spree lernten. Abgetaucht waren scheinbar auch die alten preußischen Könige, weshalb sie sich nicht in ihren Domgräbern aufhielten.

Als Sophie zwischendurch nicht mehr weiterwusste, schaute sie zu Charlotte, die beide Daumen hochhielt. So erzählte Sophie von dem wunderschönen Berliner Umland, welches man bequem mit der Ringbahn erreicht und das sich ausgezeichnet für Pferdeausritte eignet. Alternativ könne man auch eine Stadtrundfahrt mit dem Ferrari machen. Sie erzählte und erzählte. Keine Sekunde musste sie über eine Vokabel nachdenken. Denn sie hatte immer Nikos' lächelndes Gesicht vor sich. Seine großen schwarzen Augen und wie er zum Abschied *Ich liebe dich* gesagt hatte.

»Du solltest Reiseführerin werden«, sagte Mrs Miller beeindruckt, als Sophie schließlich fertig war. »Das war hervorragend!«

Sophie strahlte, als sie die erste Englisch-Eins ihres Lebens bekam.

**LESEPROBE**

»Ferien mit Mama«

von Petra Kasch

ISBN 978-3-473-58446-8

Das erste Mal im Leben hatte Mama bei ihren Kreuzworträtseln etwas gewonnen. Und nicht etwa eine dieser Kaffeemaschinen oder Billigmatratzen. Nein, Mama hatte eine Reise gewonnen. Eine richtige Reise nach Kreta! Das war total verrückt, denn ich dachte, ich müsste in den Sommerferien wieder zu Oma Inge ins Sauerland. Nicht, dass ich was gegen Oma Inge habe, aber das Sauerland ist nicht gerade der richtige Ort, wenn man schon vierzehn ist und noch nicht mal einen Jungen geküsst hat.

Wir hatten genau drei Tage, um Mamas Chef davon zu überzeugen, dass seine beste Restaurantkraft mitten in der Saison ausfallen würde. Zunächst zickte er ein bisschen herum, aber Mamas Kollegen waren echt nett. Sie haben Mamas Schichten einfach unter sich aufgeteilt, damit wir fahren konnten. So ein Glück hat man nur ein Mal.

»Das haben wir alles Hekate zu verdanken«, trällerte Mama ausgelassen, als wir unsere Sachen packten. Denn das war das Lösungswort gewesen: HEKATE. Griechische Göttin der Zauberei und Totenbeschwörung. Wenn ich allerdings vorher gewusst hätte, wozu diese Hekate fähig ist, wäre ich vielleicht doch lieber ins Sauerland gefahren …

Wir flogen mitten in der Nacht los. Mama spendierte uns sogar eine Taxifahrt zum Flughafen. Keine Ahnung, wann ich das letzte Mal so luxuriös chauffiert wurde. Ich glaube, als ich vom Baum in unserem Hof gefallen bin und eine Gehirnerschütterung hatte. Mama schwebte in Todesangst und ich irgendwo zwischen Himmel und Erde, weil ich das Bewusstsein verloren hatte.

Nicht viel anders fühlte es sich an, als wir mit unserem Gepäck zur Abflughalle zuckelten. Dass wir nicht allein abheben würden, war selbst einer Erstfliegerin wie mir klar. Doch als ich die Reisegruppe sah, wurde mir noch übler als nach meinem Freiflug vom Baum. Nicht einer von denen war auch nur annähernd in meinem Alter. Und als Krönung ragte aus der Mitte dieser Rentnertruppe ein braun gebrannter Mann mit einem großen Schild, auf dem *Wanderstudienreise Kreta* stand.

»Ulrike und Sophie Fischer?«, fragte er freundlich, als wir wie hypnotisiert sein komisches Schild anstarrten.

Mama nickte nur stumm. Von Wandern und Studien hatte sie die letzten drei Tage nicht geträumt, eher von Strand und Palmen. Der zweite Schock erwischte gleich darauf mich. Neben der Reisegruppe lungerte verloren ein einzelner Mann herum und wusste offenbar nicht, wohin er schauen sollte. Da stand doch tatsächlich mein Mathelehrer! Was wollte der denn hier?

»Was ist denn los?«, zischte Mama, als ich mich hinter ihr verstecken wollte.

»Gar nichts«, zischte ich zurück. Wenn sie zum letzten Elternabend gegangen wäre, wüsste sie es. Aber da hatte sie ja wieder mal Spätdienst gehabt.

Plötzlich zog sie mich dicht an sich heran. »Ich glaube, hier sind lauter Lehrer!«

»Was du nicht sagst.«

Stumm schauten wir uns um. Wir waren umringt von wild entschlossenen Bildungsfliegern, ausgerüstet mit schweren Wanderschuhen und Rucksäcken. Das waren alles Wiederholungstäter, jede Wette! Ade, Swimmingpool, ade, Urlaub unter Palmen. Hier kam das Ferienbildungsprogramm!

»Egal«, seufzte Mama schließlich. »Gewonnen ist gewonnen«, und schob mich Richtung Abfertigungsschalter.

Da gab es aber gleich die nächste Blamage. Als ich meinen Koffer auf das Laufband hievte, sagte die Schalterfrau mit ausdruckslosem Gesicht: »Drei Kilo Übergepäck.«

Ich wurde rot und wusste nicht, was ich machen sollte. Übergepäck? Ich kannte nur Übergewicht. Hinter uns begannen einige zu murren, weil es nicht weiterging.

»Was hast du denn da eingepackt?«, zischte Mama mir ins Ohr.

Wenn ich ihr das verriet, würde sie mich sofort heimschicken. Also presste ich die Lippen zusammen und sagte keinen Ton.

Da mischte sich der Reiseleiter ein. »Junge Damen haben halt immer etwas mehr dabei«, sagte er grinsend zu der Schalterfrau. »Aber schauen Sie, ich reise nur mit kleinem Gepäck. Das Flugzeug wird also nicht gleich vom Himmel fallen.«

Er sprach so laut, dass es auch noch die in der letzten Reihe mitbekamen und zu lachen anfingen. Ich hatte jetzt nicht nur ein rotes Gesicht, sondern auch glühende Ohren. Mama schob mich rasch vom Schalter weg.

Irgendwann ist das Flugzeug dann auch gestartet, aber daran kann ich mich nicht mehr erinnern. Ich versuchte, mich so unsichtbar wie möglich zu machen. Mein Mathelehrer schien wohl das Gleiche im Sinn gehabt zu haben und ist dann ausgerechnet in der Reihe hinter uns gelandet.

»Ist dir schlecht?«, nervte mich Mama den halben Flug lang, weil ich kein Wort mehr sagte.

Schlecht ist gar kein Ausdruck, hundeelend war mir. Aber gewonnen ist schließlich gewonnen. Und so kam es, dass ich mit meinem Mathelehrer und zwölf anderen Studienräten in die Ferien flog.

# 2

Es war schon weit nach Mitternacht, als wir endlich ankamen. Der Bus kippte uns irgendwo in der finstersten Pampa aus. Nicht mal Straßenlaternen hatten die Griechen. Ferien im Süden hatte ich mir irgendwie anders vorgestellt, ein bisschen lebendiger.

Das Hotel stand direkt am Meer, zumindest hörte man es dahinter rauschen. Von außen ähnelte es einem alten Steinhaufen, doch innen herrschte der blanke Luxus. Im Foyer plätscherte ein Springbrunnen, überall lagen dicke blaue Teppiche und versteckte Lampen erleuchteten die weißen Flure. Nur der Fahrstuhl funktionierte nicht, sodass wir unsere Koffer die steile Treppe hinaufschleppen mussten. Mir riss dabei fast der Arm ab.

»Nun verrat mir endlich, was du da Schweres mitgenommen hast!«, flüsterte Mama.

Aber ich schwieg eisern. Zum Glück mussten wir nur in den ersten Stock und Mama hatte meinen mysteriösen Kofferinhalt komplett vergessen, sobald wir in unserem Zimmer waren: Meerblick und Luxusbad.

»Hekate sei Dank«, stöhnte sie und ließ ihr Gepäck fallen, um sofort im Spiegelparadies zu verschwinden.

Das war nicht nur ein Bad, das war ein Reinigungstempel

aus Tausendundeiner Nacht! Von der Decke funkelten Sterne und spiegelten sich in den polierten weißen Marmorwänden. Und in den Fußboden war sogar ein Muschelmosaik eingelassen. Aber das Beste verbarg sich hinter einer geschliffenen Glastür: eine Dusche mit Massagedüsen.

Ich habe das Teil ja meist gemieden, denn es strahlte einem förmlich die Haut von den Knochen. Einmal im Leben wollte *ich* nach den Ferien die Tanning Queen meiner Klasse sein – sonst war das immer nur Charlotte mit ihrer Maledivenbräunung.

Während Mama die Dusche gleich ausprobierte, setzte ich mich draußen auf den Balkon. Irgendwo im Dunkeln rauschte das Meer friedlich vor sich hin. Ich war müde und glücklich. Ein paar Schiffe tuteten in der Ferne und Grillen zirpten durch die warme Nacht. Das war also Kreta. Im Sauerland regnete es jetzt bestimmt.

Ich musste auf einmal an meinen Vater denken, den ich noch nie gesehen habe. Nach meiner Geburt ist er wieder auf sein Schiff gestiegen und nicht mehr an Land gekommen. Hat Mama jedenfalls erzählt.

Ein Stöhnen vom Balkon nebenan riss mich abrupt aus meinen Gedanken. Ich versuchte, mich möglichst geräuschlos von meinem Liegestuhl zu erheben, und lehnte mich ein Stück über die Balkonbrüstung. Im ersten Moment war überhaupt nichts zu sehen, unsere Zimmernachbarn hatten kein Licht an. Doch dann fuhr ich erschrocken zurück. Drüben auf dem Balkon machte mein Mathelehrer irgendwelche Verrenkungen und zwar nackt! Das wäre eigentlich der Moment gewesen, in dem ich mich diskret hätte zurückziehen sollen. Das hätte sicher auch jeder gemacht, der Herrn Zadek nicht kennt. Seit er an unserer Schule unterrichtet, ist meine Mathenote wie ein Komet nach oben geschossen. Mehr muss ich wohl nicht sagen. Zadek ist einer aus der Johnny-Depp-Liga.

Ich linste also noch einmal um die dünne Trennwand, denn ich wollte unbedingt herausfinden, was er da im Dunkeln trieb. Doch genau in diesem Moment kam meine Mutter auf unseren Balkon und rief erschrocken: »Sophie, du wirst noch vom Balkon stürzen!«

Johnny Depp erstarrte mitten in einer seiner Verrenkungen. Mama stand mit einem weißen Haarturban verwundert in der milden Nachtluft und rührte sich ebenfalls nicht. Keiner rührte sich. Und so hatte mein Mathelehrer alle Zeit der Welt, mein zwischen die Balkonbrüstung und die Trennwand gequetschtes Gesicht zu betrachten, bis Mama mich schließlich zurückzog.

»Was machst du denn da?«, fragte sie.